Alle BDSM

Veiling

Erika Sanders

Alle BDSM
Veiling
Erika Sanders
Reeks
Alle BDSM 1

Opsomming

Dit bestaan uit die volgende romans:
Vrou Slaaf
Moslemvrou
Klub BDSM

Alle BDSM is 'n verhaal met sterk erotiese BDSM-inhoud en behoort op sy beurt ook tot die **Oorheersing en Erotiese Onderwerping**, 'n reeks romans met hoë romantiese en erotiese BDSM-inhoud.

(Alle karakters is 18 jaar of ouer)

Nota oor die skrywer:

Erika Sanders is 'n internasionaal bekende skrywer, vertaal in meer as twintig tale, wat haar mees erotiese geskrifte, weg van haar gewone prosa, met haar nooiensvan onderteken.

Indeks:

ALLE BDSM
VEILING
ERIKA SANDERS

VROU SLAAF

Voorwoord:

Om 'n onderdanige vrou te wees het sy ups & downs.

Die moeilike deel was die bykomende verantwoordelikheid. Kelly was 'n sterk besigheidsgesinde vrou. Sy het heeldag hard gewerk as kantoorbestuurder. Saans, of oor naweke, moes sy steeds werk. 'n Ander soort werk. Sy was 'n seksuele onderdanige aan haar man en het in al sy behoeftes voorsien. Dit was 'n rol wat sy gewillig omhels het.

Die goeie deel was die gevoel wat dit haar gegee het. Sy was mal daaroor om haar man te behaag. Dit het Kelly vertroosting gegee om aan hom onderdanig te wees, want hy het geweet hoe om haar behoorlik te behandel, en met groot respek. Dit het Kelly veilig laat voel om in sy slawerny te wees. Aan sy toue vasgebind. En dan was daar die orgasmes. Die heerlike orgasmes. Dit was die beste deel van 'n onderdanige vrou wees. Al die orgasmes wat sy ooit kan begeer.

Dit het hul huwelik 'n broodnodige skok gegee waar moontlik. Na 'n paar jaar van huwelik was enige manier om hul liefdeslewe op te kikker altyd 'n goeie ding.

Terwyl sy haar kantoordrag uitgetrek het, het sy 'n sagte paar sykouse, 'n wit paar bra & broekies en 'n deurskynende neglige gedra.

Dit was nie iets wat sy gereeld gedra het nie. En sy was nie verplig om so om die huis aan te trek nie. Dit was iets wat sy gekies het om vir daardie spesifieke aand te doen, wat baie spesiaal was.

Richard het omstreeks 18:00 by die huis gekom. Hy het 'n bietjie later as gewoonlik gewerk danksy 'n groot samesmelting waaraan sy maatskappy gewerk het.

"Jy lyk ongelooflik," het hy gesê toe hy sy vrou sien.

Kelly was in die kombuis in haar sexy klein uitrusting besig om 'n tuisgemaakte aandete voor te berei. Daar was 'n ry kerse wat in die eetkamer gerangskik was, maar nog nie aangesteek was nie.

"Ek het gedink ek sal iets spesiaals doen, want, jy weet, vandag is 'n baie spesiale dag vir ons," het sy gesê.

"Het jy gedink ek het vergeet?"

Haar wenkbrou lig. "Het jy?"

"Ons 10de herdenking."

Sy het geglimlag, "Jy het onthou."

"Ek het. En ek het ook iets vir jou gekry. 'n Lekker verrassing."

Hy haal iets uit sy sak en hou dit regop om sy vrou te wys. Van die kort afstand af kon Kelly nie sê wat dit was nie, maar dit het soos 'n sleutelkaart of iets gelyk.

Kelly maak haar oë skerp en sit haar hande op haar heupe. "Wel, gaan jy vir my sê wat dit is, of gaan ek moet raai?"

Hy sit dit terug in sy sak. "Ek kan jou nog nie al die besonderhede gee nie. Maar dit is iets waarmee ek weet jy gaan opgewonde wees."

"Enige wenke?"

"Wat wil jy hê?" het Richard gevra. "Wat wil jy hê moet met jou gebeur? Sou jy in 'n ander vrou belangstel?"

Sy flits 'n skeptiese kyk. "Is dit nog een van jou speletjies?"

"Ek is absoluut ernstig. Sou jy saam met 'n ander vrou wees as jy die geleentheid gehad het?"

Sy het stilgebly. "Dit is iets waarin ek al 'n rukkie belangstel. Jy weet dit reeds."

"Dan sal ons dit vanaand laat gebeur," het hy gesê. "Ek wil hê ons 10de herdenking moet onvergeetlik wees. Ek bedoel dit, vanaand sal spesiaal wees, en anders as enigiets wat ons nog ooit gedoen het."

Sy loer na hom. "Jy is ernstig, is jy nie?"

"Ek het vir ons kaartjies vir 'n baie unieke geleentheid gekry. Ons was nog nooit vantevore daar nie, maar ek het baie goeie dinge daaroor gehoor van mense wat ek vertrou."

"Klink opwindend."

"Natuurlik is dit opwindend. Enigiets wat jy wil hê moet gebeur, dit sal waar word, seksueel gesproke. Dink, wat wil jy hê moet gebeur? Hoe wil jy hê moet jou eerste lesbiese ervaring wees?"

Kelly het haar lewendige verbeelding gebruik. "Ek wil graag hê slawerny moet op een of ander manier betrokke wees. Miskien is ek vasgebind en sy kom oor en lek my. Dit is hoe ek my eerste keer sou voorstel."

"Hoe sou jy wil hê sy moet lyk? Enige voorkeure? Jy kan hê wat jy wil."

"Dit maak nie saak nie. Net solank sy soet is. Verkieslik nie 'n lesbies nie. Ek wil graag dieselfde ervaringsvlak as sy hê sodat ons dit soortvan saam kan verken. Ek dink dit sal my ideale scenario wees."

"Jy kan die vrou kies wat jy wil hê."

"Ek kan?" sy het gevra.

"Jy kies, en sy sal joune wees. Wat ook al jou behoeftes pas."

Albei Kelly se wenkbroue lig. "O my."

"Hoe sou jy voel as ek haar naai?"

Sy gee 'n speels skerp kyk. "Soek jy 'n verskoning om te kul?"

"Tegnies gesproke sou jy ook verneuk, want sy sou jou poes eet en jou laat kom."

"Raak," glimlag sy.

"So hoe sou dit jou laat voel?"

Kelly en Richard het mekaar speelse uitdrukkings gegee. Hulle was altyd heeltemal eerlik met mekaar. En hulle was lank genoeg getroud om mekaar se gedagtes te ken.

"Nou dat jy dit noem, klink dit nogal warm. Om 'n drietal te hê is nie iets waaraan ek gereeld dink nie. Maar dit het by sekere geleenthede, hier en daar, by my opgekom."

"Dink net, jy sal in die bed vasgebind wees, hierdie ander vrou eet jou poes, dan naai ek haar. Mooi en hard. Miskien kan jy haar daarna met jou mond skoonmaak. Aanloklik, is dit nie?"

"God, dit klink alles so afwykend," sê sy met 'n effense senuweeagtige toon in haar stem.

"Maar maak dit jou nat? Dit is die groot vraag."

"Natuurlik, ek veronderstel. My eerste lesbiese orgasme gevolg deur 'n drietal. Dit is genoeg om enige vrou klam te maak."

"Dan is dit afgehandel. Ons doen dit."

Kelly lig 'n wenkbrou. "As jy so aanhou praat, gaan jy my oral op die vloer laat drup en ek sal 'n ware gemors hê om skoon te maak."

"Dit beteken ek doen iets reg."

"Jy doen altyd."

Richard het geglimlag, "Vir ons 10de herdenking sal jou drome waar word. Dit gaan 'n wonderlike aand wees. Komaan, dra 'n mooi rok. Ek neem jou uit vir 'n lekker romantiese aandete. Daarna neem ek jy is ' n spesiale plek. 'n Plek waar ons nog nooit tevore was nie."

"Jy het nog nie vir my gesê waarheen ons gaan nie."

"Jy sal uitvind wanneer ons daar aankom," het Richard geantwoord. "Ek belowe jy sal tevrede wees. Trek nou aan."

"Ek het die perfekte swart rok vir vanaand," het Kelly gesê. "Dit is nuut. Ek was mal daaroor om dit te dra."

"Na aandete sal jy dit nie baie lank dra nie."

"Ek is lief vir jou Richard. Die afgelope 10 jaar van my lewe was 'n groot avontuur, jy weet dit, nie waar nie?"

"Ek is ook lief vir jou," het hy geantwoord. "En die avontuur begin net."

Daar was 'n speelse uitdrukking op Kelly se gesig. Sy het geweet sy kan haar man vertrou. Hy het altyd die regte keuses vir haar gemaak. Maar die geheimhouding was wat haar aandag getrek het. Richard was nooit 'n geheimsinnige persoon nie. Maar vanaand was anders.

Kelly het die potte en panne weggesit en die kos terug in die yskas gesit, terwyl sy nog in haar skrapse uitrusting geklee was. Sy was nuuskierig oor haar man se verrassing vir hul 10de herdenking. Wat dit ook al was, dit moes goed gewees het.

Sy het egter geen idee gehad hoe goed dinge gaan wees nie. Dit was die perfekte herdenkinggeskenk wat hul sekslewe na 'n heel nuwe vlak gaan neem.

Die Vrou Slaaf

Erika het alleen in die kamer gewag.

Dit was soort van 'n kantoor. Soort van 'n biblioteek. Daar was boeke oral om die mure. En daar was 'n groot hout lessenaar. Daar was 'n stoel voor die lessenaar vir Erika om later te sit. Daar was ook 'n video-opnemer wat op 'n driepoot gesit het, na haar toe. Dit was op die oomblik afgeskakel.

Die kamer was 'n plek van elegansie en sofistikasie.

Sy was net daar omdat 'n goeie vriend daardie spesifieke organisasie aanbeveel het. Sy is meegedeel dat alles professioneel bestuur is, en tot dusver het dit geblyk die geval te wees. Alles is op 'n korporatiewe wyse hanteer.

Die deur gaan oop en die Madame stap binne. Sy was lank, wulps, en sy het 'n elegante rok gedra. Sy het 'n kragtige houding oor haar gehad, wat van 'n vooraanstaande Madame verwag kon word.

Erika staan.

"Dankie dat jy gewag het," sê die Madame.

Hulle het hand geskud.

"Geen bekommernisse. Ek verstaan jy is 'n besige vrou."

"Ek is altyd besig, maar ek hou van wat ek doen."

"Ek kan dit sien."

"Het jy alles gevind na jou smaak?" vra die Madame. "Ek hoop my personeel was behulpsaam met jou."

"Ja, baie so, dankie."

"Goed. Nou as jy nie omgee nie, wil ek graag nou begin om hierdie onderhoudsessie op te neem," het die Madame gesê. "Ek het 'n stywe skedule. Sit asseblief asseblief."

Erika gaan sit terwyl die Madame die video-opnemer aktiveer. Toe gaan sit die Madame agter die lessenaar en raak gemaklik, terwyl die twee vroue na mekaar kyk.

"Ons gaan nou met die onderhoud begin," het die Madame gesê.

Erika knik senuweeagtig. "Oukei."

"Ek het reeds jou CV en mediese rekords nagegaan. Alles lyk aanvaarbaar. Dit is die finale fase van jou oudisie. Ons neem dit graag op sodat ons organisasie dinge meer geskik vir jou kan maak."

"Ek verstaan."

"Stel jou naam vir die kamera," beveel die Madame.

"Erika Sanders."

"Ouderdom?"

" 28."

"Huwelikstatus?"

"Getroud."

"Beroep?"

"Ek is 'n prokureur," het Erika geantwoord. "Ek help prokureurs om sake voor te berei, onderhoude met kliënte te voer, navorsing te doen, daardie soort ding."

"Hoe sou jy jou voorkoms beskryf?"

Erika dink vir 'n oomblik. "Ek het skouerlengte hare. Effens golwend. Auburn kleur, wat soort van bruinerig is. Gemiddelde bouvorm. Ek is vertel dat ek aantreklik is."

"Stem jy saam?" vra die Madame.

"As dit is wat mense dink, dan is dit hul mening."

"Ek vra jou mening. Stem jy saam dat jy aantreklik is?"

"Ek dink ek is. Ek is beslis nie 'n supermodel aantreklik nie, maar ek gaan goed met my voorkoms."

"Wat is jou beste gelaatstrekker?"

"Seker my oë. Hulle is donkerblou. Ek hou van hulle."

"Ek sal moet saamstem," merk die Madame op. "Prinsende blou oë. 'n Oulike neus. En mooi lippe. Jy het 'n baie lieflike gesig."

"Dankie."

"En jou liggaam? Hoe sal jy jou liggaam beskryf?"

"My proporsies is redelik gemiddeld. Ek bly in vorm deur oor naweke te hardloop en op weeksdae joga te doen."

"Hoe sou jy jou borste beskryf?"

Erika dink vir 'n oomblik. "Hulle is klein handjies. Ferm. Effens omgedraai. Hulle is soos pere gevorm. My areolas is ligpienk. Ek het pienk tepels wat uitsteek."

"Is jou tepels sensitief?"

"Baie."

"Speel jy met jou tepels wanneer jy masturbeer?"

“Soms,” erken Erika.

"En jou bene en boude? Hoe sal jy dit beskryf?"

“Baie getinte,” antwoord Erika, met 'n sweempie trots in haar stem. "Dit is van al die oefening wat ek in my vrye tyd doen."

"Vertel my nou van jou seksuele ervaring. Het jy baie maats gehad?"

“Nie regtig nie,” antwoord Erika. "Minder as 7, in my hele lewe. Ek is meer 'n tipe verhoudingsmens as iemand wat rondloop en one night stands soek."

Die Madame het geglimlag, "En tog is jy hier, avontuurlustig."

“Ek weet,” bloos Erika.

"Sal jy jouself as seksueel avontuurlustig beskryf?"

"Nie heeltemal nie."

"Wat bring jou dan hierheen?"

“Die ervaring,” antwoord Erika. "Ek wil graag iets nuuts ervaar, net vir myself. Dit is moeilik om te verduidelik, maar ek sal graag my seksualiteit wil verken terwyl ek nog jonk is. Ek is seker jy hoor dit baie."

“Die hele tyd,” stem die Madame saam. "So, hou jy daarvan om met nuwe dinge te eksperimenteer?"

"Sekerlik, soms. Wie nie?"

"Hou jy daarvan om met anaal te eksperimenteer?"

"Ek het dit saam met 'n paar van my vorige vennote gedoen. Nie heeltyd nie, maar dit is af en toe lekker."

"Drietjies?" vra die Madame.

"Geen."

"Sal jy oop wees vir die moontlikheid?"

"Ek sal oop wees daarvoor. Ek sal nie omgee as dit met die regte mense is nie. Veral as ek, jy weet, die onderdanige van die groep was. Ek sou nie weet wat om andersins te doen nie."

"Wat van slawerny?"

"Ek het ondervinding met ligte slawerny. Niks ekstreems of hardcore nie. Net tuisgemaakte goed, met goed rondom die huis, sulke goed. Ook niks pynliks nie."

"Was jou slawerny-ervaring vervullend?"

“Dit was oukei,” antwoord Erika eerlik. "Ek is nie baie ervare daarmee nie. So ook nie my vorige vennote nie. Dit was soort van rondspeel met 'n prettige klein fantasie."

"Verbondenheid is 'n kuns. Nie baie mense is goed daarmee nie."

"Ek stem saam."

“Wat van lesbiese ontmoetings,” vra die Madame. "Was jy al ooit saam met 'n vrou?"

"Ek het 'n paar lesbiese ervarings op universiteit gehad met 'n kamermaat. Niks sedertdien nie."

"Het jy dit geniet? Dink jy nog daaraan?"

Erika het geglimlag, "Ja en ja."

"Dink jy jy is goed om poes te eet?"

"Daar is vir my gesê ek is."

"Alles in ag genome, dink ek jy sal wonderlik wees met paartjies. Jy het so 'n natuurlike vonk oor jou, jy is nuuskierig, oopkop, en jy swaai beide kante toe wanneer dit nodig is."

“Ek het nog nooit daaraan gedink om saam met 'n paartjie te wees nie,” het Erika geantwoord. "Maar dit klink haalbaar. Ek dink ek is reg daarvoor."

Die Madame knik. "Jy is 'n baie aantreklike vrou Erika, met 'n wonderlike persoonlikheid. Ons is bly om jou hier te hê."

"Dankie."

"Dit lei ons nou na die laaste drie vrae. Die belangrikste vrae. Eerstens, hoe onderdanig is jy? Vertel my van jou onderdanige kant."

Erika maak haar gedagtes bymekaar. "Vandat ek 'n seksuele mens geword het, het ek geweet ek is onderdanig. Miskien het ek dit nie dadelik verstaan nie, maar ek het geweet waarvan ek hou. Ek geniet dit om in die slaapkamer beheer en 'gevat' te word."

"Hoekom?"

"Daar is 'n vryheid om te laat gaan. Wanneer ek gesê word wat om te doen, of as ek gebind is, is alle beheer verlore. Vir my is daar 'n vryheid daarin. Alles is buite my hande. Ek voel veilig en warm. En ek hou van die gevoel om die middelpunt van seksuele aandag te wees. My liggaam word deur my maat aanbid en gebruik."

Daar was 'n seksuele spanning in die lug. Dit was rou emosie. Erika het tydens die opgeneemde onderhoud laat gaan . En die Madame het elke sekonde geniet om Erika se kwesbare kant te sien.

"Nou die tweede vraag," sê die Madame. "Is jy gereed om 'n slaaf te word?"

"Ek is."

"Hoekom?"

"Ek neem bestellings goed. Ek geniet dit om vertel te word wat om te doen, en hoe om dit te doen. Selfs met my werk is ek baie stiptelik met al my baas se opdragte. Ek kan ligte pyn hanteer. Solank dit nie te pynlik is nie. , Ek sal dit geniet. Dit is alles deel van 'n goeie onderdanige wees, nie waar nie?"

"Jy is reg," stem die Madame saam. "Nou vir die derde en laaste vraag. Hoekom wil jy vir 'n nag opgeveil word?"

"Dit is die uiteindelike onderdanige fantasie. Jy weet, lyk op my beste, word bewonder, en word dan deur 'n totale vreemdeling gekoop.

Ek hou van die idee om seksueel gebruik te word deur iemand wat ek nog nooit ontmoet het nie. Dit is baie taboe."

"Dink jy jy kan die druk hanteer?"

"Ek dink so," antwoord Erika.

"Hoe weet jy?"

"Omdat ek dink ek sal daarvan afkom. Dit is moeilik om te verduidelik. Maar ek weet ek sal dit geniet. Ek sal beslis senuweeagtig wees, maar ek kon dit hanteer."

Die Madame het geglimlag en genadiglik gaan staan. Sy lig die video-opnemer van die driepoot af en hou dit in haar hand. Toe stap sy na Erika toe en gaan staan voor haar.

"Ons is klaar met die vrae," sê die Madame en wys die kamera af na Erika. "Die laaste deel van die proses is om te kyk of jy werklik onder druk kan presteer."

"Oukei."

Terwyl sy steeds die kamera na onder wys, het die Madame die onderste deel van haar japon opgelig en haar kaal vagina ontbloot.

"Nou, tree op vir die kamera," het die Madame gesê. "Beïndruk my."

Sonder om te huiwer, leun Erika vorentoe en druk haar lippe teen die kaal vel van die Madame.

***

Die opleiding was 'n baie informele ding.

Wanneer Erika ekstra tyd weg van die werk gehad het, het sy die Madame besoek op dieselfde plek waar sy die onderhoud gevoer het.

Daar is sy opgelei in die kuns om 'n behoorlike gehoorsame slaaf te wees.

"Jy het baie om te leer," het die Madame gesê. "Gelukkig is jy 'n natuurlike begaafde onderdanige. Opleiding sal maklik wees."

En die Madame was reg.

Erika was 'n natuurlike. Sy was versorg in die kuns van goeie onderdanige gedrag en behoorlike maniere. Sy is die ingewikkeldhede van orale seks geleer. En sy is die regte manier geleer om te ontspan wanneer sy gebind word.

Terwyl Erika haar normale lewe aangegaan het, was die veiling altyd in haar agterkop. Toe sy as 'n prokureur gewerk het, tyd saam met haar man, ma en susters deurgebring het, of saam met haar vriende na koffiewinkels gegaan het, kon sy nie help om te dink aan die besluit wat sy geneem het nie.

'n Deel van haar het gevoel sy is mal om so iets te doen. 'n Ander deel van haar het geweet dis presies wat sy wou hê. Die Madame het immers 'n hoogs professionele operasie bedryf en alles was veilig.

Maar as sy dit nie doen nie, het sy geweet sy sal altyd spyt wees daaroor.

Erika was in die fleur van haar lewe. Sy was 'n volwasse vrou. En sy het gekies om 'n besluit te neem wat haar vir ewig sou beïnvloed.

Die Veiling

Dit was die aand van die groot veiling.

Sy het in 'n klein privaat kamer gesit terwyl 'n grimeerkunstenaar haar voorkoms reggemaak het. Dit was 'n kort proses, en toe dit klaar was, het Erika haar oë oopgemaak om te sien dat sy voorbereid is soos 'n Hollywood-aktrise wat gereed is vir 'n groot première. Perfek in elke opsig. Haar hare was ook mooi gedoen.

Die grimeerkunstenaar het die vertrek verlaat en Erika het voor 'n klein klerekas gestaan en besluit wat om aan te trek.

Na 'n kort gedagte het sy besluit op 'n deursigtige paar swart bra & broekie. Sy het die piepklein uitrusting gedra en haarself in die spieël ondersoek. Daarna het die hoëhakskoene aan haar voete gekom, en sy kyk weer na haarself.

Erika kon skaars haar weerkaatsing herken.

Weg was die opgevoede regsassistent. Weg was die meisie langsaan. Weg was die regte jong vrou.

Daar staan Erika, die slavin, kompleet met glansryke grimering, goed gedaante hare en 'n bra wat dun genoeg was om die kleur van haar tepels te openbaar.

Terwyl sy na haar weerkaatsing gekyk het, het sy gewonder wie haar koper sou wees. Sou dit 'n man wees? 'n Vrou dalk? Sou die persoon saggeaard of grof wees?

God, sy het gehoop die persoon sou sag wees. Erika was 'n vrou wat daarvan gehou het dat haar onderwerping met liefde en sorg behandel word. Sy was 'n liefdevolle onderdanige. Dit was die soort waarvan sy gehou het. Sy wou 'n deurdagte dominant hê. Hoe dit ook al sy, sy was bereid om die uitslag te aanvaar. Sy was 'n volwasse vrou wat 'n keuse gemaak het om daar te wees.

Dit was immers haar groot fantasie.

Daar was 'n klop aan die deur.

"Kom in," sê Erika.

Die deur het oopgegaan en die Madame het ingegaan, met 'n pragtige lang rooi rok aan. Haar grimering is ook mooi gedoen. Die Madame se oë kyk op en af die onderdanige, tevrede met wat sy gesien het.

"Pragtig soos altyd," komplimenteer die Madame en maak die deur toe.

"Dankie."

Die Madame het 'n swart kraag vasgehou, en dadelik het Erika geweet waarvoor dit was. Maar die Madame het nie oor die kraag gepraat nie, nog nie ten minste nie.

"Hoe voel jy?" vra die Madame. "Enigsins senuweeagtig?"

"'n Bietjie. Deels opgewonde."

"Ek kan jou verseker, dit is 'n baie normale gevoel vir 'n vrou in jou posisie. Dit is heeltemal gesond."

"Wel, ek is bly om dit te hoor."

"Jy sal goed doen," stel die Madame gerus. "Geestelik is jy op die regte plek. En ons het soveel wonderlike mense wat vanaand 'n slaaf wil koop. Jy sal in goeie hande wees."

Erika het geglimlag, "Ek is baie bly om dit te hoor."

"Wat is jou grootste hoop vir die nag?"

"Om die anonieme vreemdeling my tot die uiterste te laat stoot. Ek wil graag verken. Ek bedoel, dit is die doel van dit alles, reg?"

Die Madame knik en gee 'n effense glimlag. "Ja dit is. En ek kan jou belowe dat daar aan jou begeerte om gedruk te word voldoen sal word. Jy sien, die kliënte wat hierheen kom om slawe te koop, is baie ervare. Hulle weet presies wat hulle doen. So jou onderdanige kant sal wees bly as die nag verby is."

"Jy maak my nog meer senuweeagtig, maar op 'n goeie manier."

"Moenie senuweeagtig wees nie," antwoord die Madame genadig. "Sê nou vir my, wat is jou grootste vrees?"

"Dat wie ook al my koop onvriendelik sal wees. Jy weet, daardie soort ding. Ek hou nie van pyn nie, in elk geval nie die slegte soort nie."

Die Madame het geglimlag, "Ek kan jou verseker, dit sal nie gebeur nie. Al ons lede en kliënte sal jou met die grootste sorg hanteer."

"Dit is wat ek gehoor het. En dit is deel van die rede hoekom ek besluit het om hier 'n slaaf te word."

"Daarvan gepraat, dit is amper tyd. Jy kan hier wag as jy wil, of agter die verhoog. My assistente sal jou na die verhoog lei wanneer dit jou beurt is."

Erika haal diep asem. "Die skoenlappers in my maag. My goedheid. Ek is senuweeagtig. Maar ek is gereed."

Die Madame vryf die opgeleide slaaf se skouers. Dit is op 'n moederlike en strelende manier gedoen.

"Jy is 'n sterk vrou. Jy kan dit doen."

"Ek weet ek kan. Ek is eintlik baie opgewonde."

"Uitstekend," glimlag die Madame. "Nou, 'n laaste ding."

Die Madame hou 'n swart kraag met haar vinger op en draai dit speels rond. Erika het presies geweet wat om te doen, en sy lig haar hare op sodat haar nek ontbloot is.

Die Madame het die kraag om Erika se nek gedraai, terwyl hulle na die spieël kyk. Dit was 'n kraag met die silwer letters SLAVE op die voorste deel van die nek.

Erika hou aan om haar hare op te hou terwyl sy na haar weerkaatsing in die spieël kyk, terwyl die Madame 'n leiband agter in die kraag vasgemaak het.

En alles was voltooi. Erika was in volle slawedrag, gereed om aan die hoogste bieër opgeveil te word.

"Jy lyk stunning," fluister die Madame in haar oor. "Ek is 'n bietjie hartseer dat ek nie vanaand sal kan sien hoe jy genaai word nie. Maar ek weet dit gaan 'n wonderlike ervaring vir jou wees. Die veiling sal binnekort begin."

Die Madame het die slaaf 'n soen op die wang gegee en toe die kamer verlaat.

***

Die meeste mense het 'n idee van hoe 'n veiling lyk. Wanneer mense aan veilings dink, dink hulle aan 'n ou wat vinnig op die verhoog praat, en deelnemers wat hul hande opsteek om bod te maak op watter item ook al te koop is.

Dit was soortgelyk. Maar ook baie anders.

Erika staan agter die verhoog in haar piepklein deurskynende klere en swart kraag, en luister hoe die Madame die veiling hou.

Elke slaaf is met sorg verkoop en behandel asof hulle kosbare besittings was, asof dit die grootste skatte in die wêreld was. Om na die veiling te luister wat gehou word, het haar hart laat klop en haar poes nat.

Uiteindelik was dit haar beurt.

"Dames en here," sê die Madame vir die gehoor. "Volgende, ons het 'n baie spesiale bederf. Sy is nuut in die slawe-ervaring. Maar sy is ook baie voorbereid. Welkom asseblief, die pragtige Erika."

Die klein gehoor het 'n ligte applous gegee aangesien Erika nog agter die verhoog was. Twee skraps geklede vroue het Erika genader en haar aan die leiband gevat. Die vroue het nie 'n woord gesê nie.

Erika is na die middel van die verhoog gelei. Toe Erika in die middel van die kollig staan, het die vroue langs haar gestaan, saam met die Madame wat in 'n mikrofoon gepraat het.

Alhoewel sy haar bes probeer het om 'n behoorlike dame-agtige kalmte te handhaaf, het haar hart verwoed geklop. Dit was 'n donker kamer. Maar sy het die skare flou gesien. Daar moes ten minste 50 mense daar gewees het. Sy kon agterkom dat hulle almal buitensporig geklee was.

Die manne het mooi pakke gedra. Die paar vroue in die kamer het deftige rokke gedra. Dit was 'n deftige affère, en hulle was almal daar vir seks.

"Dit is die pragtige Erika," het die Madame gesê. "Sy is bedags 'n professionele loopbaanvrou wat as 'n regsassistent werk. Haar fantasie is egter om behandel te word soos die goeie slaaf wat sy gebore is om te wees. Sy is in alle opsigte onderdanig. En glo my, ek het het dit self uitgevind."

Die Madame het haar vingers geknip en die vroue op die verhoog het Erika se bra verwyder en haar borste bloot gelaat. Toe trek die vrouens Erika se broekie af.

O god, Erika voel hoe haar poes ruk. Sy was die enigste naakte persoon in die kamer vol goed geklede mense. Alle oë was op haar. Die helder kollig was op haar kaal lyf gefokus.

Die Madame het voortgegaan. "Soos jy kan sien, is sy fisies perfek. As 'n 28-jarige joga-praktisyn is sy in die fleur van haar lewe. Borste wat soos ryp pere gevorm is. Pienk tepels wat uitsteek wat sensitief is en gemaak word om te suig. Gekleurde arms wat was gemaak om gegryp te word terwyl sy gevat word. 'n Buigsame lyf, gemaak om in enige vorm gebuig te word terwyl dit verheerlik word. 'n Mond wat gemaak is om te suig. 'n Boude gemaak vir anale seks. En 'n poes wat gemaak is om te verduur."

Die oë in die kamer staar na Erika se naakte lyf.

Die Madame het voortgegaan, "Die slaaf wat jy sien is hoogs bedrewe in die kuns van orale seks. Veral in die kuns van vroulike bevrediging. Ek kan jou dit uit eerstehandse ondervinding vertel. Sy is ook vertroud met manlike bevrediging ook. Wat haar maak perfek vir getroude paartjies."

Erika staan stil en haar oë kyk na die kamer. Al was die kamer donker, kon sy steeds die dowwe uitdrukkings van mense in die kamer sien, sien hoe hulle speeksel by die gedagte om haar in die hande te kry.

Die Madame het voortgegaan, "Alhoewel sy ligte slawerny geniet, is sy 'n delikate katjie en moet met die grootste vriendelikheid en respek behandel word. Sy is tog 'n baie spesiale meisie."

Ten diepste was dit alles waarop Erika gehoop het. Dit was baie meer angswekkend as wat verwag is, maar sy het daardie aand die vreemde ekshibisionistiese opwinding gekry waarna sy gesoek het.

"Die beginbod is $5 000 vir hierdie slaaf," het die Madame gesê.

Skielik het die ligte in die kamer effens opgehelder, en dit was nie meer so donker nie. Erika het 'n beter siening van die gehoor gehad, en dit het haar net meer senuweeagtig gemaak. Sy kon die gesigte van die mense in die kamer sien. Dit was baie vreesaanjaender. En dit was ook baie meer opwindend.

Toe die bod inkom, kon Erika skaars iets hoor. Haar gedagtes het gedraai. Dit was 'n groot gejaag. Sy kon skaars hoor, maar sy kon sien hoe die hande opgaan, in wat skynbaar stadige aksie was, terwyl die mense in die kamer hul bod vir Erika se liggaam en seksuele dienste geplaas het.

Erika is uit die beswyming geruk toe sy die volgende woorde hoor.

"Verkoop! Aan gas nommer 38, vir $15 000."

Dit was die oomblik waarin Erika teruggekeer het na die werklikheid.

***

Toe die veiling verby was, het die slawe gehoorsaam in 'n ordelike ry, geklee in hul klein uitrustings, agter die verhoog gestaan. Hulle was almal met 'n kraag en gereed om na hul nuwe eienaars gestuur te word.

Erika het die gevoel van verkoop geniet. Sy wou haar nuwe meester ontmoet. Dit was opwindend. Sy het gehoop hy sou 'n gawe ou wees. Sy het met haar hele hart gewens dat dit 'n onvergeetlike ervaring sou wees. Sy het gewonder watter soort fetisje haar nuwe eienaar het. Wil hy dalk net naai? Niks fout daarmee nie.

Dit was alles deel van die ervaring om verkoop te word. Die nuuskierigheid het haar gedagtes laat draai en haar poes nat.

Die Madame het gekom en persoonlik al die slawe gelukgewens. Toe verseker sy hulle dat die nag net begin.

Sy het 'n stuk papier aan elke slaaf oorhandig, dan is hulle deur skraps geklede vroue begelei.

Daarna was dit Erika se beurt.

"Jy is 'n baie gelukkige katjie vanaand," het die Madame gesê.

Sy het vir Erika 'n klein stukkie papier gegee, waarop die nommer 930 was. Dit was die kamernommer waar haar eienaar sou wees.

"Dankie."

"Jou nuwe eienaar het iets spesiaals vir jou," het die Madame gesê. "Is jy gereed?"

"Ek is."

"Dit is wat ek graag wil hoor. Jy sal goed doen. Vertrou jou instinkte en geniet jou eerste slawe-ervaring. Die onderdanige binnekant van jou sal die plesier kry wat dit reg verdien. Goed?"

Daarmee leun die Madame vorentoe en gee Erika 'n sagte soen op die lippe. Toe die soen eindig, het hulle mekaar in die oë gekyk, en Erika is wegbegelei deur die leiband wat aan haar kraag vasgemaak is.

Die aand

Die twee skraps geklede vroue het Erika na die hysbak gelei, toe op na die kamer. Nie een van hulle het 'n woord gepraat nie. Die vroue het nie gepraat nie. En Erika was te senuweeagtig om iets te sê.

Erika het nog net haar deurskynende top en klein broekie aangehad. En sy is gelei deur die leiband aan haar kraag.

Toe hulle by die kamer aankom, het die vrou aan die deur geklop, toe maak sy dit oop.

Erika is in die kamer ingelei waar sy by die ingang gestaan het met 'n perfekte dame-agtige postuur, soos 'n goeie slaaf behoort te staan, en die twee vroue het vertrek en die deur toegemaak.

Sy is alleen gelaat saam met haar koper.

Die kamer self het soos 'n spoggerige hotelkamer gelyk. Dit was netjies, baie skoon, en daar was 'n stylvolle sin daaraan. Net sommige van die ligte was aan. Die kamer was 'n mengsel van lig en duisternis.

Op die stoel het daar 'n man gesit. Hy was geklee in 'n skerp pak en sy gesig was gedeeltelik bedek in die donker. Deur die flou lig het Erika gereken die man moes in sy 30's of vroeë 40's gewees het. Daar was blykbaar geen uitdrukkings op sy gesig nie.

Daar was 'n pragtige swart rok netjies op 'n tafel geplaas.

Op die bed was daar 'n naakte vrou. Haar polse vasgebind aan die bedpale. Haar enkels het uitmekaar aan die onderste bedposte vasgebind, en sy was in 'n gespreide arendposisie. Daar was 'n blinddoek wat haar oë bedek. En 'n rooi balgop in haar mond.

Erika voel hoe haar adrenalien terugkeer by die surrealistiese gesig. Sy het by die aanskoue van dinge geweet dat sy in die hande van 'n professionele dom was. Nie een of ander amateur nie. Nie iemand wat eksperimenteer nie. Maar 'n ware professionele persoon.

"Trek uit," sê die man terloops. "Jou hakke ook. Maar los jou kraag. Ek geniet die leiband."

"Ja meneer."

Erika het gehoorsaam. Sy het haar top verwyder om haar peervormige borste te openbaar. Sy verwyder haar onderkant, haar getinte atletiese bene wat vertoon word, saam met haar skoongeskeerde kruis. En sy het haar hakke verwyder.

Binne daardie kort oomblikke het Erika heeltemal kaal voor haar nuwe eienaar gestaan. Sy was heeltemal naak behalwe vir die SLAVE-kraag om haar nek, met die leiband wat nog afhang.

Sy was nie meer senuweeagtig nie. Nadat sy kaal op die verhoog in 'n vertrek vol mense gestaan het, kon sy op hierdie stadium enigiets hanteer.

"My naam is Richard," het die man gesê. "Die naakte vrou wat jy op die bed sien is Kelly."

"Hi Richard," antwoord sy en probeer hartlik klink. "Ek is Erika."

"Welkom, Erika. Jy moet verbaas wees."

"Hoekom?"

"Dat ek jou gekoop het, terwyl my vrou kaal op die bed vasgemaak is."

Die gebinde naakte vrou in die bed was dus Richard se vrou. Erika was opreg verras, maar op 'n goeie manier. Sy het daardie aand 'n oop gemoed gehad en was gereed vir enigiets.

"Dis seker onortodoks," het Erika geantwoord. "Maar ons het almal ons fantasieë in die lewe. En ek is nie iemand om te oordeel nie."

"Nie wanneer jy 'n leiband om jou nek het nie."

"Ja."

"Ek het jou om 'n paar redes gekies," het Richard gesê. "Eerstens is jy baie mooi. Tweedens, jy is nuut hierin. Derdens, my vrou hou van jou. Vierdens is jy blykbaar baie goed om ander vroue te behaag."

Erika knik. "Daar is vir my gesê ek het daardie talent."

"Goed, want my vrou het nog nooit voorheen die plesier van vroulike bevrediging gehad nie. Sy stel egter belang."

Erika kyk na die naakte vrou wat vasgebind, geblinddoek en gesnoer is.

"Ek is seker sy is 'n lieflike mens."

"En baie onderdanig ook," het Richard bygevoeg. "Jy sien, soos jy vroeër genoem het, ek en my vrou het 'n baie onortodokse huwelik. Ek is haar man. En ek is ook haar dom. Sy is my vrou. En sy is ook my onderdanige. Ons is baie lief vir mekaar . En ons sorg vir mekaar se behoeftes."

"Ek verstaan, meneer."

"Noem my asseblief Richard."

"Goed, Richard."

Hy het voortgegaan, "Vandag is 'n baie spesiale dag. Dit is ons 10 jaar herdenking. Dit is eenvoudig nie genoeg om haar by die huis te bind en haar klaar te maak nie. Nee. 'n Dag soos vandag moet spesiaal wees. Dit is hoekom ek haar hierheen gebring het. En dit is hoekom ek jou as my slaaf vir die nag gekoop het."

Die fantasie het lewe gekry. Erika voel hoe haar senuwees verdwyn en haar poes natter word. God, sy was gereed hiervoor.

"Ek sal graag help op enige manier wat ek kan."

"Het jy al ooit 'n getroude paartjie onthaal?"

"Geen."

"'n Drieling?"

Erika skud haar kop. "Geen."

"Jy is nie baie ervare nie, is jy?"

"Nee, ek vra om verskoning. Ek het dit vir die Madame duidelik gemaak dat ek nuut in hierdie wêreld is. So vergewe my as ek nie op peil is nie. Maar ek belowe om my bes te probeer."

"Moenie om verskoning vra nie," het hy geantwoord. "Ek het ook nog nooit 'n drietal gehad nie. En ek het nog nooit voorheen 'n ander maat aan Kelly voorgestel nie. Dis hoekom jy perfek is hiervoor. Ons kan dit saam verken."

Erika knik. "Ek sal daarvan hou."

"Wil jy? Wil jy my vrou se poes proe terwyl ek jou van agter af verlustig?"

"Ja."

"Wil jy begin?"

Erika knik. "Ja."

"Nou ja, slaaf, my vrou se poes is wawyd oop. Ek is seker sy is nou al druipnat. Hoekom gaan proe jy nie voort nie?"

"Dankie."

Erika het die gebonde & hulpelose vrou op die bed genader. Hoe nader sy gekom het, hoe duideliker het sy die vrou se naakte dele gesien. In die gedeeltelik verligte kamer het Erika die vrou se bruin tepels en skoongeskeerde vaginale area gesien.

Dit was 'n surrealistiese oomblik, en Erika was op die punt om orale seks te verrig met 'n vrou wat sy nog nooit voorheen ontmoet het nie. 'n Vrou wat gebind en geblinddoek was. 'n Vrou wat nie eers kon praat nie, aangesien 'n gag in haar mond was.

En dit was nie sommer enige vrou nie. Dit was Kelly, die vrou van die eienaar.

Erika het haarself op die bed geplaas, tussen Kelly se bene. Sy wonder wat Kelly moes gedink het, of sy dit geniet of nie. Sy het gewonder of dit werklik Kelly se fantasie is.

Die vraag is beantwoord toe Erika afbuk en die verspreide arendpoes van nader bekyk. Binne was die poes nat. Vloeistowwe het geglinster. Dit was nie vuurpylwetenskap om vas te stel dat Kelly hoogs opgewonde was nie. Daar was geen twyfel daaroor nie.

Erika vryf Kelly se bobene en sluit in op die middel. Toe leun sy vorentoe en gee die poes 'n lekker soen. Dit het Kelly laat sidder. Ná nog 'n lek het dit gelyk of Kelly se bene ruk. Erika het op & af gelek soos 'n goeie slaaf.

"Vertel my vrou hoe sy proe," het Richard gesê.

"Sy smaak ongelooflik."

"Sê dit vir my vrou."

Erika kyk opwaarts na die geblinddoekte en gesnoerde vrou. "Jy proe ongelooflik Kelly, jy doen regtig. Ek is absoluut mal oor jou smaak. Ek is mal daaroor. Ek is mal oor die smaak van jou poes op my tong."

Daar kom 'n tjankgeluid van Kelly, maar dit is gedemp deur die balgop in haar mond.

"Goed gesê," het Richard geprys. "Hou nou aan lek. Maak haar kom."

Erika het haar werk voortgesit en haar mondelinge aandag op die nat poes gefokus. Die hele tyd het die gebonde vrou voortgegaan om met die gag in haar mond te kreun en in die bed te kriewel.

Terwyl Erika se tong diep in die poes begrawe was, vaardig op en af lek, het sy gewonder oor die vrou wat sy behaag het. Sy het gewonder hoe Kelly in haar gewone lewe is, wat sy vir 'n lewe gedoen het, watter stokperdjies sy het, watter soort kos sy graag eet, watter TV-programme sy graag kyk.

Die nuuskierigheid het die seksuele toonbank net soveel warmer gemaak. Miskien sal Erika al die antwoorde uitvind wanneer hulle eendag kan praat en vriende kan word. Of miskien sal hulle nooit met mekaar praat nie, ooit. Wie weet?

Maar die enigste ding wat op daardie stadium saak gemaak het, was om Kelly se poes te behaag. Dit was Erika se enigste werk – tot dusver.

By die werk het Erika altyd bestellings goed opgeneem, en sy het altyd opgevolg. Nou, haar baas was Richard, en sy is beveel om sy vrou te laat klaarkom.

Haar tong bly op en af streel. Haar lippe bly teen die poes gedruk. En kort-kort het sy die poes lekker gesuig en aan die natuurlike sappe geslurp.

Elke aksie het Kelly 'n gelyke reaksie gegee toe sy vasgebind op die bed gelê het. Die vrou het aan die toue getrek wat haar polse vasgebind het. En sy het aan die toue getrek wat haar enkels vasgebind het. Haar kreun geluide is gedemp deur die rooi balgop in haar mond.

Erika het harder gewerk toe sy geweet het dat haar mondelinge tegniek werk en die gewenste uitwerking bereik.

"Haar tone wip," het Richard gesê. "Dit beteken sy is naby aan 'n orgasme."

Dit was toe dat Erika nog harder gewerk het. Sy het harder en vinniger gelek. Sy druk haar lippe stywer en suig met toenemende intensiteit.

Kelly het hard gedraai en aan die toue getrek wat haar vasgehou het. Sy kreun hard, maar dit is onderdruk deur die balgop.

"Sluk," sê Richard vir die slaaf. "My vrou is 'n squirter. Ek moet jou waarsku. En ek wil hê jy moet dit sluk as dit reg is."

"Mmm hmm" erken die slaaf.

Seker genoeg, die orgasme het gekom, en dit het op skouspelagtige wyse gekom. Erika het voortgegaan om te suig en lek, en Kelly het 'n kragtige orgasme gehad.

'n Vloeistroom stroom uit Kelly se poes en in Erika se mond in. Dit het verskeie kere gekom en Erika se mond was meedoënloos om te sluk. Kelly se lyf het geruk en gebewe terwyl Erika voortgegaan het om haar mondelinge towerkuns met haar hoogs geoefende mond te bewerk.

Toe dit klaar was, het die vloeistowwe opgehou om uit te kom, en Kelly se liggaam het stil gebly, terwyl sy swaar deur haar neus asemgehaal het.

Erika sit regop met poesappe oor haar mond, soos 'n vars laag nat grimering.

"Bravo," sê Richard terloops. "Jy het wonderlike werk gedoen."

"Dankie meneer."

"So sê vir my, hoe smaak my vrou?"

"Lekker, meneer."

"Erika, my slaaf, ek gaan jou nou naai. En ek gaan jou in die gat naai."

Sy het gesluk. "Ja meester."

"Ons gaan dit nie in 'n normale posisie doen nie. Verstaan jy? Dit sal iets anders wees. Iets wat jy nog nooit voorheen gedoen het nie."

"My verstand en liggaam is oop vir jou."

Richard gee 'n tevrede knik. "Klim op hande vier. Posisioneer jouself bo my vrou. Jy gaan haar in die oë kyk."

Sy sluk weer. "Ja meester."

Erika het hande-viervoet geklim en haarself oor die naakte vrou geposisioneer wat sy pas 'n intense lesbiese orgasme gegee het. Nie sommer enige vrou nie. Maar die vrou van haar nuwe eienaar vir daardie aand.

Toe sy in posisie was, was sy net 'n paar sentimeter van Kelly se gesig af. Selfs met die blinddoek en gag, kon Erika sien dat Kelly baie mooi gelaatstrekke gehad het, en sy het gewonder hoe Kelly lyk sonder die slawerny.

Toe sy die posisie inneem, hoor sy hoe Richard opstaan en sy klere losmaak. Sy het nie na hom gekyk nie. Sy het eenvoudig in posisie gebly, hande-viervoet, direk bokant die gebonde vrou.

"My vrou is 'n wonderlike vrou," het Richard vir die slaaf gesê.

Net toe hoor Erika die geluid van 'n botteldop wat oopgemaak word. Sy het dadelik geweet dit is smeermiddel. Haar vermoede is bevestig toe sy voel hoe Richard se vinger, bedek met lube, teen haar anus druk.

Die gesmeerde vinger is binne Erika se boude gedruk.

Hy het voortgegaan, "Kelly is al 10 jaar my onderdanige vrou. Lojaal en kosbaar in elke opsig. Vanaand is iets nuuts vir ons."

Die vinger beweeg in en uit en bedek Erika se rektale mure.

Hy het voortgegaan, "Dit is deels haar fantasie. Sy wou in die bed gebind word, terwyl 'n vrou haar poesie geëet het. Al kan sy nie praat of sien op die oomblik nie, kan ek sê dat sy daarvan gehou het. Haar liggaamsreaksies is maklik om te lees. Die manier waarop haar tone gekrul en haar bene gebewe het, beteken dat sy 'n intense orgasme gehad het. Die vloeistowwe uit haar poes het dit net bevestig."

Richard se vinger trek weg. Toe druk hy die punt van sy ereksie teen Erika se piepklein anus.

Hy het bygevoeg. "Wil jy haar sien? Wil jy haar soen?"

"Ja meneer," knik Erika. "Ek sal."

"Hoekom?"

"Ons het 'n spesiale ervaring saam gedeel. En ek dink sy is pragtig."

"Sy is pragtig," het Richard gesê. "Gaan voort, kyk self. Verwyder die blinddoek. Verwyder die gag uit haar mond."

Erika verplig. Sy verwyder die blinddoek versigtig, toe maak die twee vroue skielik oogkontak. Erika kyk die vrou in die oë. En Kelly, het die vrou gesien wat pas haar poes geëet het en haar 'n lesbiese orgasme gegee het.

Toe verwyder Erika die rooi balgag, en skielik is Kelly se mond bevry, snak na diep asemteug.

Erika was bly om uiteindelik die gesig van die pragtige vrou te sien. En sy wonder hoe Kelly se stem klink, of hulle eintlik iets vir mekaar gaan sê.

Maar dit het nie gebeur nie, nog nie.

Richard druk sy haan in Erika se boude, en die slaaf het 'n klein gilgeluid uitgespreek. Die haan het dieper gegaan, en Erika se oë het groot geword en haar mond het oopgegaan, terwyl sy nog vir Kelly in die oë gekyk het.

"Hou jy van my vrou?" vra Richard, met sy haan diep in die slaaf se gat begrawe.

"Ja...meneer. Baie so."

Hy het teruggetrek, toe gedruk en Erika laat snak.

"Wil jy haar soen?" het hy gevra.

"...o...ja meneer."

"Doen dit dan. Sy het nog nooit eers 'n meisie gesoen nie. Jy sal haar eerste wees."

Erika buk af en soen die ingehoue vrou, terwyl 'n haan haar gat begin verslind het. Dit was amptelik Erika se eerste drietal. Op daardie stadium het sy gevoel hoe haar gat gestimuleer word deur Richard se harde piel, en haar lippe word gestimuleer deur die sagtheid van Kelly se mond.

Die fokken het aangehou en Erika voel hoe haar gat gewoond raak daaraan dat die haan haar slaan. In al haar jare se anale ervaring was dit nog nooit so rof gedoen nie. Sy was gewoond aan sagte anale seks. Maar vanaand was nie die aand vir sagte seks nie. Vanaand was sy 'n slaaf. En sy was 'n slaaf wie se eienaar haar gat hard wou naai.

Terwyl die fokken aangehou het, het Erika aangehou om vir Kelly op die mond te soen. Dit het 'n slap nat tongsoen geword. Erika was mal oor die gevoel. En sy was veral mal oor die feit dat Kelly nog nooit voorheen 'n vrou gesoen het nie. Daar was 'n erotiese opwinding in die neem van Kelly se lesbiese maagdelikheid.

"Geniet jy rowwe seks?" vra die eienaar.

Sy het gesukkel om te praat. "Ja meneer."

"Laat my weet as dit te veel word. Ek wil jou nooit seermaak nie, my skat. Maar ek wil jou regtig laat kom. Ek wil hê jy moet klaarkom soos my vrou gedoen het."

Die anale naai word harder en meer intens toe Richard die leiband gryp en saggies trek, wat Erika se kraag effens verstik het. Gevolglik het haar asemhaling meer ingeperk en sy voel 'n knypende styfheid om haar nek.

Erika het opgehou om die gebonde vrou te soen soos die anale fokken harder geword het. Dit het al hoe moeiliker geword, en die bed het begin bewe. Erika voel hoe die druk in haar opbou terwyl haar gat gestamp word.

"O god," tjank Erika terwyl haar nek gedruk word. "My gat...my gat..."

Op daardie stadium het Erika se boud so hard geslaan dat haar klein peervormige borste heen en weer begin waai het. Trane het in haar oë gevorm en sy het voortgegaan om klein tjankgeluide te maak.

Die leiband het harder getrek en die kraag het styfgetrek, wat Erika minder lug gee om asem te haal.

Nog erger, terwyl Richard aanhou om die leiband met een hand te trek, het hy sy ander hand gebruik om onder te reik en Erika se sensitiewe tepel te streel. Hy het dit geknyp en gedraai. Die baster. Hy het haar swakheid geken. Hy het haar sensitiewe plek geken en hy het dit tydens seks uitgebuit. Haar pienk tepel was in pyn. Maar dit was ook vir haar 'n bron van groot plesier.

Haar mond maak kort knor geluide. Haar oë toe. Haar lyf was styf terwyl sy die gatstamp, asemhalingsbeperkings en tepelmarteling verduur het. En haar hande het die laken styf vasgeklem. Die gevoel van intense anale seks en seksuele stimulasie was besig om in die slaaf op te bou, en Richard het dit maklik aangevoel.

"Cum, my slaaf," het Richard geknor. "Spuit soos my vrou gedoen het."

Hy het haar tepel losgelaat, en in plaas daarvan, het hy sy hand uitgesteek en kundig met Erika se pynlike klitoris gespeel, terwyl hy haar gat met sy regop piel verlustig het. Dit was vir Erika duidelik dat haar eienaar goed onderlê was in hierdie posisie, en hy moes dit al baie keer saam met sy vrou Kelly gedoen het. So 'n gelukkige vrou, dink Erika.

Die leiband is harder getrek en die kraag het stywer om Erika se nek geword, wat haar verhinder het om te skree.

In plaas van gille, het kort lugasems by Erika se mond uitgekom toe sy haar orgasme bereik het. Haar rug het opwaarts gebuig terwyl haar gat kwaai gestamp word, en haar klit is verwoed gevryf.

"My gat," kerm sy saggies, met haar stywe gatgat wat hard gestrek word. "My gat."

Dit was haar beurt om te kom. En dit was ook haar beurt om te spuit. 'n Paar vloeistowwe het uit Erika se poes en op Kelly se lyf geskiet. Sy het nie soveel soos Kelly klaargemaak nie. Erika was nie regtig 'n natuurlike spuit nie. Maar sy het genoeg gespuit om 'n verklaring te maak.

En daardie stelling was, die seks was fokken amazing, en dat sy daarvan gehou het om 'n slaaf vir daardie getroude paartjie te wees.

Die greep op die leiband is stadig vrygestel, en die kraag het minder beperkend gevoel. Erika voel hoe die lug terugkom na haar longe en haar nek en keel op haar gemak. Tussen die intense orgasme wat sy gevoel het, en die kraag wat losgemaak word, het Erika skaars die feit opgemerk dat Richard net binne-in haar gat gekom het.

"Ek is klaar," sê Richard, terwyl hy die leiband heeltemal loslaat. "Nou is dit tyd dat jy skoongemaak word."

Erika herken die innuendo in sy stem. Sy bly vir 'n oomblik stil en haal swaar asem. Sy wou haar kalmte herwin voordat sy weer met haar eienaar praat.

Dit was alles deel van 'n behoorlike slaaf wees.

"Hoe wil jy hê moet ek dit doen, meneer?" vra sy in 'n goed saamgestelde stem.

"Druk jou onderkant teen my vrou se gesig. Sy sal jou skoonmaak."

Erika was geskok. Maar toe sy afkyk, sien sy 'n gewillige kyk op Kelly se gesig, wat 'n effense kopknik gegee het om Erika te laat weet dat dit oukei is.

Sodra die haan uit Erika se gat getrek is, het sy opwaarts gekruip en regop gesit, haar gat net bokant Kelly se mond geplaas, en sy het haarself laat sak. Diep binne het Erika soort van sleg gevoel omdat sy in daardie posisie was, maar dit was nie haar oproep nie. Dit was wat haar eienaar wou hê. En te oordeel aan die gehoorsame lek wat haar gat skielik gevoel het, wou Kelly dit ook hê.

Terwyl Erika voel hoe haar gat deur die vasgebinde vrou gelek en skoongemaak word, het sy haar oë toegemaak en die oomblik geniet. Dit was verreweg die gekste aand van haar lewe. Niks het ooit naby gekom nie.

In baie opsigte was om opgeveil te word die beste ding wat nog ooit met haar gebeur het. Dit het haar 'n gevoel van selfvertroue gegee. 'n Gevoel dat sy enigiets kon doen. Sy het nog nooit so gemaklik in haar eie vel gevoel nie.

Dit was seksuele bevryding op sy beste.

Kelly se tong het 'n bietjie dieper in die anus gegaan om die sperm te suig, en Erika het soos 'n tevrede slaaf gevoel. Sy het gewonder of sy dit ooit weer kan doen, en saam met wie?

Epiloog:

'n Jaar het verbygegaan en Richard het vir Kelly iets spesiaals belowe.

Hy het vroeg van die werk af huis toe gekom. Intussen het Kelly pas teruggekeer na 'n lang dag op kantoor. Sy was steeds geklee in haar kantoordrag.

Toe sy by die huis kom, is sy aangesê om haar skoene uit te trek en haar beursie neer te sit.

"Kan ek ten minste eers my klere verander?" sy het gevra. "Ek kan seker ook 'n stort gebruik."

"As jy dit toelaat om dit te doen, sal die verrassing ruïneer."

Kelly het geglimlag, "Nog 'n mal geskenk vir ons 11de herdenking?"

"Dis reg," sê hy en haal 'n blinddoek uit sy sak.

Sy kyk hom skepties aan, maar stem in. Sy het die blinddoek gedra, en Richard het haar met die trappe op, in die gang af, na hul slaapkamer gelei.

Toe hulle die bestemming bereik, het Richard gevra of sy gereed is, en sy het gesê dat sy was.

Die blinddoek is verwyder.

Kelly se kakebeen het amper gesak by die aanskoue van 'n naakte vrou, vasgebind in hul huweliksbed. Die naakte vrou het haar polse en enkels met tou aanmekaar vasgebind. Sy was in die knielende posisie, met haar gat na buite gewys.

Dit was egter nie sommer enige naakte vrou nie. Dit was iemand wat bekend gelyk het. Iemand wat Kelly op grond van die naakte agterkant kon herken.

"Is dit...Erika?" sy het gevra.

"Hoekom het jy nie 'n smaak en vind uit nie?"

"Het jy..."

"Ek het haar vir vanaand gekoop. Of langer as jy wil. Sy kan ons slaaf wees wanneer ons haar nodig het. Sy is meer as gewillig."

"Jy is te veel," sê Kelly met 'n effense glimlag, terwyl sy haar kop saggies in ongeloof skud.

"Gaan aan, proe liefie."

Kelly het haar man 'n dubbelsinnige kyk gegee, toe nader sy die gebonde slaaf, sak op haar knieë en sprei die slaaf se boude nog verder met albei hande. Kelly het orale seks op Erika se gat en poes begin uitvoer.

Terwyl sy voortgegaan het met haar mondelinge werk, hoor sy die geluid van Richard wat 'n laai oopmaak. Sy het probeer om dit te ignoreer en daarop te fokus om die slaaf mondelings te behaag. Maar sy kon dit nie ignoreer toe Richard 'n klein boksie op die bed neergesit het, reg langs die slaaf nie.

Deur die hoek van haar oog het Kelly gesien wat binne die klein boks is. Dit was 'n nuutgekoopte riempiestel, en Kelly het geweet dit gaan nog 'n lang nag wees.

MOSLEMVROU

43

Een van die unieke dinge van die herehuis was dat nie een van die kamers deure gehad het nie. Enigiemand kon dus enigiets op enige gegewe oomblik sien.

Dit was nooit iets wat Samira ooit gedink het om deel van te wees nie. Sy was 'n goeie Moslemvrou. Sy was net hier omdat sy baie jare gelede haar pa se Marokkaanse redery geërf het, en deur slim en slim sakebesluite kon sy vir haarself 'n klein fortuin skep.

Dié sukses het haar in staat gestel om buitensporig in Amerika te leef. Sy het nie net 'n gegoede sakevrou geword nie, maar sy het ook naam gemaak in die filantropiese wêreld en skouers geskuur met groot bekendes en politici.

Nou hier was sy, op die grondvloer van 'the Bondage Manor', soos baie van die elitistiese gaste dit nie-amptelik genoem het. Sy was net hier as gevolg van haar man Michael, wat 'n Britse burger en 'n ryk tegnologiebelegger was met al die regte verbindings (insluitend 'n plek soos hierdie).

Sy was 'n 35-jarige maagd toe hulle maande gelede getrou het, en sy kon steeds nie glo dat hy haar oorgehaal het om 'n hedonistiese geleentheid soos hierdie by te woon nie. Dit was 'n laat trougeskenk, het Michael vir haar gesê. 'n Geskenk van sy naaste vriend, het hy bygevoeg.

Al die gaste was onberispelik geklee vir die geleentheid. Van haar kant het Samira se ensemble 'n slanke wit rok, hakke en spoggerige juweliersware ingesluit. Haar welige, golwende swart hare was in die middel geskei en het vrylik gevloei; net soos haar man verkies het. Dit het haar besonder aanloklik laat lyk, soos hy dikwels sou sê.

Sy kyk rond en hoop daar is niemand wat haar sal herken nie. Niemand het nie. Die gaste van meestal middeljarige paartjies, almal wit, was te besig om te fokus op die verskillende pryse wat op die veiling was.

Skaars geklede vroue het op verskeie platforms gestaan terwyl gaste bod gemaak het vir die wat hulle wou hê. Die vroue was almal aantreklik. Jong volwassenes. Verskillende etnisiteite en agtergronde. En dit het Samira behaag om te sien dat elkeen van die jong onderdaniges dit geniet het om daar te wees, met aangename en verleidelike glimlagte op hul bekoorlike gesigte.

"Pret hê?" fluister Michael verleidelik in haar oor. "Jy begin gemakliker lyk om hier te wees."

Samira het haar man nader gehou. "Ek sal dit nie sê nie. Ek is steeds baie senuweeagtig."

"Ons sal binnekort in ons eie kamer wees, met meer privaatheid. Wie interesseer jou?"

Sy het haar opsies nader beoordeel. Die waarheid was, sy sou gelukkig gewees het met enige van die onderdaniges. As 'n pasgetroude vrou was seks met haar man steeds 'n wonderlike plesier wat haar onbevredigend gelaat het. Michael was goed in die bed, en al haar sintuiglike plesier is bevredig.

Maar die idee om saam met 'n ander vrou te verken, was 'n unieke geleentheid om die grense van haar seksualiteit nog verder te verskuif. Sy het dit met haar streng godsdiensoortuigings versoen deur die feit dat dit binne die grense van haar huwelik was.

Terwyl sy blaai, het iemand haar oog gevang.

'n Donkerkop wat onskuldig lyk in 'n styfgeslypte swart rok, wat tenger was met 'n melkwit vel; vel wat foutloos gelyk het. Haar gesig was rond en haar gestalte klein. Die duikboot is met 'n leiband en kraag om haar nek vasgehou, en sy was op haar knieë, gekussing met 'n donsige rooi kussing. Sy kon nie ouer as middel 20's gewees het nie, en haar bruin hare was in 'n netjiese bolla vasgebind.

"Haar?" vra Michael en sien sy vrou staar.

Samira het bevestig: "Ek dink sy is oulik. Ek kan nie glo sy is eers hier nie. So 'n meisie?"

"Fantasieë het geen perke nie, my liefling. Ek is seker sy het 'n interessante storie. Sal ons nader kyk?"

Hulle het na hierdie tenger jong vrou gegaan. Ander gaste in die Manor het ook rondgekyk. Hulle het die onderdanige se gesig, liggaam, saam met die inligting wat uitgestal is, ondersoek.

Naam: Erika

Ouderdom: 24

Hoogte/gewig: 5'2 110 pond

Beroep: Kollegestudent (Ekonomie)

Voorkeur: Voorlegging

Oriëntering: Oop vir enigiets

Vaardighede: Enigiets en alles. Paartjies. Mondelinge skoonmaak.

Gate: Al 3 beskikbaar

Ervaring: 3de geleentheid

Aanhaling: "Hallo, my naam is Erika, en ek wil graag jou speelding wees. Alhoewel ek redelik nuut is, is ek steeds baie nuuskierig en oop vir baie dinge. Ek kan 'n goeie meisie wees, of 'n slegte een . Jou keuse is my plesier."

Beginprys: $500

Die sub 'Erika' het stoïs gebly terwyl potensiële kopers na haar skoonheid gekyk het en goddelose gedagtes gehad het oor wat hulle graag met haar sou wou doen. Haar gesig was onmoontlik om te lees.

"Sal ek 'n bod plaas?" Michael het sy vrou gevra. "Of moet ons aanhou blaai? Daar is dalk iemand anders waarvan jy meer hou."

Samira was vasbeslote. "Nee. Hierdie een. Ek hou van haar. Sy lyk so soet. Dit laat my wonder hoe sy privaat is."

"Natuurlik, my skat. Dit is jou ervaring om te bewonder."

Michael het 'n bod vir hierdie spesifieke sub geplaas, en Samira het gekyk hoe haar man sake doen.

Toe die bod geplaas is en die tyd aangebreek het, het die veiling sy loop geneem. Daar was altesaam ten minste 20 onderdaniges. Elkeen is opgeveil. Wat die gaste betref wat nie 'n sub vir die dag kon koop nie, hulle was blykbaar besig met mekaar, of met die bediendes wat sou help om die dag se vermaak te fasiliteer.

Samira se hartklop het gestyg toe haar man bie. Sy wou nie hê dat iemand anders Erika besit nie. In alle eerlikheid, sy wou Erika vir haarself hê en Michael as 'n trio. 'n Meisie so lieflik soos dit, wou sy veilig hou en koester, amper op 'n maternalistiese manier.

En as hulle werklik die bod gewen het? Sou dit haar eerste lesbiese ervaring wees? Sy het 'n gevoel van paniek en skaamte gevoel. As iemand in haar geboorteland ooit geweet het...

Toe hoor sy dit: Verkoop!

Michael het die bod gewen. Die onderdanige Erika het opgestaan en die leiband is aan haar man oorhandig.

Toe die onderdanige afkom, was Samira en Erika van aangesig tot aangesig. Die onderdanige glimlag. Al waaraan Samira kon dink, was hoe mooi hierdie jong vrou was, en hoe foutloos haar vel gelyk het; dit was amper gloeiend. En daardie lippe! Erika het die heerlikste en natuurlikste lippe denkbaar gehad. Hoe moet hulle voel tydens 'n soen, of enigiets anders... wonder Samira.

Michael het gehelp om die ongemaklikheid te breek en hulle het almal inleidings gemaak. Hulle het aangenaamhede uitgeruil en Samira het 'n steek van skuld gevoel dat hulle hierdie jong vrou vir seksuele plesier sou gebruik, en niks anders nie.

Hulle het almal saam met die trappe opgegaan. Michael was in die middel, en die twee vroue het hul arms om elkeen van syne gesluit. Teen hierdie tyd het die party ontwikkel. Dit was steeds 'n hoëklas-aangeleentheid vir die sosiale elite. Maar borste is ontbloot. Liggaamsdele gewys.

Toe hulle die boonste verdieping bereik waar al die slaapkamers was, kon hulle reeds die geluide van gekerm hoor en God weet wat nog. Samira het in een van die kamers ingeloer en gesien hoe 'n Asiatiese onderdanige op haar knieë 'n man mondeling behaag, terwyl sy vrou toekyk. In die volgende kamer was 'n Latina-onderdanige besig om uit te trek vir 'n paartjie, en met trots haar beeldskone lyf en donker tepels gemodelleer vir hul kykgenot. In nog 'n ander kamer was 'n onderdanige geblinddoek en is sprei-arend op die bed vasgebind.

Weereens het Samira se skuld omdat sy Erika op hierdie manier gebruik het, haar verteer.

Hulle het hul kamer bereik. Dit was fancy en het Japannese kunswerke teen die muur gehad. Daar was ook 'n groot venster wat oor die erf uitgekyk het, waar baie mense nog buite gekuier het terwyl naakte bediendes kos en drinkgoed bedien het. Samira was doodbang oor die idee dat enigiemand net kon opkyk en hulle sien. Maar dit was die reëls van hierdie plek.

As 'n vergunning het Michael Erika se kraag verwyder, wat haar selfs meer heilsaam laat lyk het.

Samira wou sê: 'Jy hoef dit nie te doen nie, Erika. Jy kan ons maar dophou, as dit jou meer gemaklik sal maak.'

Voordat daardie woorde Samira se mond kon ontsnap, het Erika die inisiatief geneem.

Daar was 'n terloopse kyk op Erika se gesig toe sy voor hulle staan, die agterkant van haar rok lostrek en dit op die vloer laat val. Haar vel was bleek en sy het subtiele rondings gehad. Sy het 'n bypassende paar wit bra en broekies gedra, saam met sykouse en kousbande. Die dun kant-bra met satynrande het 'n koppie te klein gelyk vir haar, wat opsetlik gelyk het, en gevolglik was haar rooskleurige tepels bo-op sigbaar.

Op daardie oomblik het Samira geweet dat haar eie oordeel verkeerd was. Dit was geen fout nie. Hierdie jong onderdanige het goed geweet wat sy doen, staan daar met haar tepels gedeeltelik ontbloot, terwyl sy afkyk na haarself om seker te maak haar onderklere lyk reg. Sy pas haar bra en broekie aan, en was meer as tevrede met die feit dat haar tepels wys.

"Ek is gereed," sê Erika met 'n wrang glimlag en haar hande op haar heupe.

"Jy is nogal die ekonomie student," merk Michael op en bewonder die skaars-daar onderklere-uitrusting.

Erika knik. "Dit is eintlik my laaste jaar. Ek het al twee somers agtereenvolgens internskappe gehad en ek hoop om volgende jaar 'n werk as 'n finansiële ontleder te kry."

"Brains and beauty. Net soos my vrou. Sy bestuur 'n groot redery."

"O?" Erika se wenkbrou rys en sy kyk oor Samira se bedompige figuur.

"Dit lyk of ons almal professionele mense hier is," het Samira uitgewys. "Ek en my man is nuut hier. Ons is onlangs getroud. En ons het nog nooit so iets gedoen nie, as jy dit kan glo."

Erika knik. "O, ek glo dit beslis. Hierdie plek is gewild onder nuuskierige paartjies."

"Ek het opgemerk. Hierdie plek is... uniek."

"Dit is 'n goeie ding. Die dom/sub-ding is uniek en moeilik om reg te kry. Maar dit is waarvoor hierdie plek is. Om jou gids te wees."

Samira het sag gespanne. "Ek is seker jy is 'n hoogs bekwame gids."

"Ek is tot perfeksie opgelei. So ja, ek is baie bekwaam in baie dinge. En ek hou daarvan om plesier te gee."

"Jy lyk ook soet."

"Was jy die een wat my gekies het?" vra Erika met 'n oulike uitdrukking op haar ronde gesig.

"Ek het," het Samira erken. "Ek dink jy is oulik. Miskien sal ek jou selfs sexy noem. Ek was nog nooit saam met 'n vrou nie, maar my man wil hê ek moet iets nuuts verken."

"Dit is perfek. Ek is lief vir paartjies. Ek was saam met 'n paar, en ek is vertel dat ek baie goed daarmee is."

Samira haal diep asem na die meisie se ervaring. "Jy lyk..."

"Onskuldig?" vra Erika speels en voltooi Samira se sin.

"Ja. Jy lyk regtig soos 'n engel."

"Samira, selfs engele het hul plesier."

"Daarvan gepraat," het Michael ingegee. "Ek het 'n versoek. Erika, ons het jou gekoop vir ons plesier. Maar dit is vervelig. Veels te voorspelbaar. In plaas daarvan, Erika, ek gee jou volle beheer oor ons; my vrou veral. Ek wil hê my vrou moet dit onthou. Kan jy dit doen, Erika?"

Samira het na die aankondiging gesnak, en Erika het die teenoorgestelde reaksie gehad, met 'n duiwelse glimlag.

"Albei van julle is gelukkig," antwoord Erika met 'n flou gejubel. "Omdat jy die regte meisie vir die werk gekoop het. Ek dink altyd aan maniere om stout te wees met gesofistikeerde mense. Ek is seker ons kan met iets vorendag kom."

"Enigiets in gedagte?" het hy gevra.

Erika draai na Samira en peins. "Hmm... kom ons kyk. So 'n deftige en elegante vrou. Ek kan sê jy is huiwerig om hier te wees. Maar ek kan dit regmaak."

Al wat Samira kon doen, was om stil te staan en te wag, terwyl hierdie jong onderdanige voortgegaan het om na haar te kyk en allerhande afwykende gedagtes te dink oor wat hulle almal oor 'n paar oomblikke sou doen.

"Ek weet," sê Erika uiteindelik, met haar oë wat verlig is. "Ek wil hê jy moet my kraag dra terwyl ek die leiband vashou. By die venster."

Die rolomkering het so skielik gekom dat Samira nie geweet het hoe om te voel nie. Dit was 'n skok. Dit was nie waartoe sy oorspronklik ingestem het nie. En om as speelbal gebruik te word, was beslis nie die rede waarom sy hierheen gekom het nie.

Sy het na haar man gekyk vir morele ondersteuning en daar was geen. Michael het gelyk asof hy heeltemal aan boord van hierdie idee was en Samira was in die minderheid.

"Wil jy my verneder?" vra Samira en steek die ongemak in haar stem weg.

"Nee. Ek wil net kyk hoe jy haan suig."

Samira het haar bes gedoen om waardigheid te handhaaf. "En hoekom is dit?"

"Dis my gunsteling ding in die wêreld," antwoord Erika met 'n flou skynsel in haar oë. "Boonop het jy 'n mooi gesig. Dit lyk eksoties. Ek is mal oor die donker kleur van jou vel. Ek is gretig om te sien hoe jy sal lyk om 'n onderdanige blowjob te gee."

"Maar mense buite sal my dalk sien."

"Nog beter," het Erika geknik. "Daar is geen twyfel dat jy gesien sal word nie. Dit sal dinge lekkerder maak, glo my."

Terwyl Samira stomgeslaan staan, hou Michael die kraag omhoog.

"Sal ons?" het hy gevra.

"By tweede gedagte..." voeg Erika by, terwyl sy van hart verander. "Ek het 'n beter idee. Gebruik dit eerder."

Die onderdanige meisie het haar rug uitgesteek en haar kant-bra oopgemaak en haar klein parmantige tiete en rooskleurige tepels in hul geheel onthul. Sy knyp die bra aan die een kant vas en draai dit. Daar was 'n voorkoms van genot op haar oulike gesig.

"Ek hou van die manier waarop jy dink," het Michael geglimlag.

"'n Bietjie kreatiwiteit gaan 'n lang pad. Mag ek die honneurs doen?"

Die man knik. "Jy mag."

Samira staan stil toe Erika naderkom met die bra in die hand. Samira se welige, donker hare is teruggeborsel, en sy het Erika toegelaat om die kant-bra om haar nek te draai, wat 'n impromptu kraag en leiband met die gladde materiaal skep.

"Venster toe," sê Erika in Samira se oor.

Die vrou het saamgestel terwyl Erika 'n sagte, maar ferm ruk gegee het. Samira het nie geweet hoe om te voel nie. Beheer is verlore. En vir 'n jong vrou met 'n engelegesig, nie minder nie. Toe Samira voor die venster staan, sien sy die gaste wat buite kuier, en die naakte bediendes wat verversings bedien.

"Op jou knieë," sê Erika en draai dan na die man. "Haan, asseblief."

Samira het op haar knieë geklim en haar sintuie het vererger. Sy was deeglik bewus van alles wat buite aangaan, saam met al die kreun van plesier in die gang, en die gevoel van die mat teen haar knieë.

Nog belangriker, sy het die geluid gehoor van haar man wat sy skoene uittrek en sy broek netjies en gentleman losmaak ('n eienskap wat sy nog altyd sexy gevind het). Ten spyte van haar ouderdom was Samira steeds nuut in die wêreld van pielsuig. Sy het gevind dat sy dit geniet het. Dit was nie naastenby so afbrekend soos wat sy in al haar maagdelike jare verwag het nie. Vreemd genoeg het dit selfs op baie maniere bemagtig gevoel, aangesien sy die orgasme van die man vir wie sy liefgehad het, beheer gekry het.

Maar om dit hier te doen? Voor soveel potensiële getuies? Onder leiding van Erika?

Die gedagte het haar bang gemaak. Sy het geen broekie aangehad nie, maar as sy het, sou dit deurweek gewees het.

Terwyl sy by die venster kniel, staan haar bodemlose man voor haar. Sy haan was gereed vir 'n suig. Vir die eerste keer het dit gevoel asof Samira se man meer 'n stut was as enigiets anders. 'n Haan vir haar om te gebruik. Of 'n haan wat se enigste doel was om haar mond te naai.

Voordat die aksie begin het, het Erika aan die bra/leiband getrek om Samira se postuur reguit te maak, toe het sy haar hand uitgesteek om Samira se borste te ontbloot deur die bokant van die rok af te druk.

"Jy het mooi donker tepels," sê Erika en kyk oor die vrou se kaal bors. "Hulle is al styf. Jy moet opgewonde wees. Ook geen bruin lyne nie. Jou natuurlike velkleur is stralend. Jy is uiters pragtig, Samira. Ek het nog nooit voorheen met 'n Midde-Oosterse vrou gespeel nie. Dit was egter nog altyd 'n fantasie ."

Samira het nie die moeite gedoen om te antwoord met die dun bra om haar keel gedraai nie. As sy kon, sou sy net 'dankie' gesê het.

Sy bly stil terwyl Erika haar hand uitsteek om elke bors te vryf en elkeen van haar donker tepels tweak, wat 'n rilling langs Samira se ruggraat laat afgaan terwyl sy soos 'n speelbal gebruik word.

"Begin nou suig," sê Erika kortaf. "'n Haan wat so hard is, moet nooit laat wag word nie."

Michael het die eerste skuif gemaak en vorentoe gestap sodat sy ereksie slegs sentimeters van Samira se gesig was. Normaalweg het sy daarvan gehou om oogkontak met haar man te maak. Dit het altyd 'n gevoel van intimiteit tussen hulle geskep.

Hierdie keer kon sy haarself nie sover kry om na iemand te kyk nie. Sy het haar oë toe gehou, vorentoe geleun en haar man se ereksie gesuig, net soos hy daarvan gehou het. Haar lippe het styf toegedraai en sy het haar bes gedoen om haar kop heen en weer te wip, selfs met die kant bra om haar nek gedraai.

Sy kon voel hoe die haan in haar mond verstyf word. Dit het beteken dat sy al die regte dinge doen , en dat haar man van hierdie ervaring hou. Sy kon ook die erotiese geluid hoor van Erika wat harder asemhaal terwyl sy oor haar waak.

Wat 'n vertoning moes dit vir die sub gewees het. En wat 'n vertoning vir die gaste buite. God, het enige van hulle gekyk? Of iemand anders in die gang?

"Vat hom al die pad," sê Erika met 'n sweempie gesag. "Ek wil jou deepthroat sien. Na my beskeie mening is 'n goeie blowjob onvolledig sonder 'n gag of twee."

Deepthroat. Nou is daar iets wat Samira versigtig was om te vermy. Sy het daardie daad in pornografie gesien en het dit altyd gemors en klasloos gevind. Omdat sy 'n waardige vrou was, het sy dit ten alle koste vermy, en het die feit waardeer dat haar man nog nooit vir so 'n vuil ding gevra het nie.

Onder hierdie omstandighede, met 'n tydelike leiband om haar keel, het sy verplig gevoel om aan die bevel te voldoen. Sy knyp haar oë toe, sodat die trane nie uitkom nie. En sy het gehoop sy sou geen vernederende mondgeluide maak nie.

Haar kop beweeg stadig vorentoe, neem meer van haar man se piel in haar mond en na haar keel. Sy voel hoe die haan op haar tong ruk en die bokant van haar keel tref. Haar man was mal daaroor. Wat 'n verraad. Sy het hom nog dieper geneem totdat dit haar keel se ingang bereik het. Vreemd genoeg het sy trots gevoel op haarself omdat sy dit al die pad geneem het. 'n Nuwe seksuele prestasie.

Haar trots het in duie gestort toe die onvermydelike gebeur het; het sy gesnoer. Dit was slordig en vieslik. Haar oë traan en speeksel het oor haar duur wit rok gedrup. Sy het 'n walglike geluid gemaak en skaam gevoel daarvoor.

"Dis genoeg," sê Erika genadiglik. "Nou wil ek sien jy word genaai. Staan op en druk jou gesig teen die venster. Moenie bekommerd wees nie, die glas is gemaak om 'n vrou se liggaamsgewig daarteen te hanteer."

Erika trek liggies aan die bra/leiband en beduie Samira om op te staan en na die venster te kyk. Samira het gehoor gegee en gesien dat 'n paar van die gaste werklik na die blowjob-aksie gekyk het terwyl hulle buite aan sjampanje gedrink het. Die bra/leiband is van haar nek verwyder en deur Erika op die vloer gegooi.

Samira het haar bene gesprei toe haar man haar boudwange en binnedye uitmekaar gedruk het. Sy het haar gesig op die spesiaal geïnstalleerde glas gedruk, haar liggaamsgewig daarop laat rus, en voel hoe haar man haar gat verder sprei om van agter af by haar poesie te kom. Sy was vertroud met hierdie posisie en sy het haar rug geboë om haar boude op te lig.

"Kyk na my," sê Erika met 'n verleidelike beleefdheid. "Ek wil jou oë en gesig sien terwyl jy binnegedring word. Dit is 'n kragtige uitdrukking."

Samira se gesig was reeds na Erika. Hulle oë gesluit. Nie een van hulle kyk weg terwyl Samira se poes deur die harde piel gerek word nie. Haar mond het 'n asem uitgeblaas en haar oë rek groot.

Haar man het haar van agter af gaan werk. Haar lyf wieg en haar tiete wieg, met haar donker tepels so hard soos altyd. Sekerlik het meer gaste van die herehuis na hierdie blatante ekshibisionistiese vertoning gekyk. Maar Samira durf nie kyk nie. Dit was baie meer aanloklik om oogkontak te behou met hierdie kosbare onderdanige wat die toneel beheer het.

Erika reik af om Samira se poes te vinger. "Fok, jy is so nat."

"Ek weet," kreun Samira terug, terwyl haar poesie gestamp word en haar lyf heen en weer wieg.

Dit was 'n sensoriese oorlading aangesien Samira se liggaam ook deur Erika gestreel is; met 'n klein wit hand wat oor haar poesie vryf, en dan op om haar borste te druk. Samira kreun elke keer as sy aangeraak en gedruk word. Daardie sagte hande het haar so goed laat voel. En haar poes wat verheug is, voel nog beter.

Die gekerm het harder geword toe Erika haar vingers op Samira se poes konsentreer. Dit het Samira se oë laat rek en haar asemhaling meer moeisaam geword.

"Ek het jou lieflike plekkie gekry," sê Erika met 'n opgewonde stem. "'n Haan wat jou poes naai, en my vingers wat met jou poes speel, alles terwyl mense van buite af kyk. Miskien is jy nie so behoorlik soos jy voorkom nie? Miskien, diep binne, is jy net 'n stout fok speelding soos die res van ons. Hou jy daarvan om dit te hoor, Samira? Hou jy daarvan om te ontdek dat jy so 'n vuil vrou is?"

Die sub se stem het laag geword en dit was gevul met wellus.

Samira fluister. "Ja..."

"Cum nou. Ek wil dit sien."

Is dit hoe die hemel voel? Samira het gewonder terwyl haar man haar poes oorrompel en Erika haar klit in 'n vinnige, sirkelbeweging vryf. Sy maak haar oë toe en geniet dit. Die samelewing wees verdoem. Dit was euforie.

Samira het iets onhoorbaars gemompel terwyl vloeistowwe by haar bene en op die vloer afloop. Haar sperma het ook 'n gemors gemaak op haar man se piel en Erika se besige vingers, wat meedoënloos gebly het tydens die intense orgasme. Sy het haar kakebeen geklem en haar onderlyf het verstyf terwyl sy ejakuleer.

"Ek gaan ook kom," kreun Michael.

"Vloed haar poes," gee Erika opdrag. "Ek sal die skoonmaak hanteer."

Samira voel hoe haar man haar heupe styf druk en haar harder stamp. Dit was sy teken vir 'n naderende orgasme. Ritmiese klapgeluide vul die kamer terwyl hy kragtig teen haar boude druk. Haar poes voel saligheid.

Haar man het gekreun en in haar binnegekom. Dit was 'n sensasie wat Samira nog altyd gekoester het, die gevoel van kom vul haar gat. Terwyl Michael die laaste kreun gee, trek Erika haar vingers weg en sak op haar knieë.

"Fok ja," giggel Erika en klop op Michael se balle. "Nou as jy my sal verskoon, ek verkies om dadelik skoon te maak ... terwyl dinge nog warm en vars is."

Samira het nie beweeg nie. Sy voel hoe haar man se piel uit haar 'plof'. Die leegheid van haar gapende, cum-deurdrenkte gat is vervang met Erika se tong. Die verrassing van haar lewe. Haar eerste ware lesbiese ervaring.

Sy maak haar oë toe en kreun terwyl die talentvolle tong haar gevulde poes lek, ondersoek en slurp. Alles is afgesluk en ingesluk. Sy geniet die gevoel van die vroulike tong wat dieper indruk, gevolg deur Erika se mooi mond wat die sappe verslind.

Toe die mond wegtrek, draai Samira haar kop en sien hoe Erika haar man se piel suig. Dit was 'n peeve. Dit is nie ooreengekom nie en sy voel 'n sweempie van jaloesie. Maar sy moes dit bewonder.

Erika se heerlike lippe was styf om die komdeurdrenkte haan gevou en haar kop het vinnig gedobber en dit diep ingeneem sonder 'n sweempie van 'n gag-refleks. Dit was mooi. Grasieus. Erika se lippe draai kort-kort om Michael se kop voordat sy weer haar lippe om die skag vou om kragtig te suig. Dit was hoe regte haansuig veronderstel was om te lyk.

Erika se mond het heen en weer gegaan, Michael se piel gesuig en Samira se poes gelek.

"Hoe voel jy?" Michael het sy vrou gevra.

Samira geniet die gevoel van die tong terug in haar gat. Sy bly vooroor gebuig met haar arms leun op die venster. Nog gaste het terloops na hierdie afwykende ontmoeting gekyk, en wie weet wie het nog in die gang ingeloer. Sy het nie meer omgegee nie. Om die waarheid te sê, dit was 'n wonderlike beurtkrag.

"Soos 'n nuwe vrou," was al wat Samira kon sê.

Toe haar poes skoongemaak is, draai Samira om na haar man te kyk en Erika te bedank. Sy het aangeneem hierdie onheilige ontmoeting was verby. Maar toe sy hulle in die gesig staar, sien sy Erika weer op haar voete staan. Hulle was net duim uitmekaar.

Samira kon nie anders as om daardie heerlike, vol lippe wat Erika gehad het, raak te sien nie. Lippe gemaak om te soen en te suig. Hierdie keer het Erika se vol lippe egter geblink van vars poesappe en bedek met warm kom.

Erika lek haar lippe in opgewondenheid, staan voor Samira terwyl hulle oë sluit. Dit was duidelik wat hierdie meisie wou hê. Hoekom dit ontken?

Hulle het gesoen. Samira druk haar lippe teen Erika s'n en hul monde gaan oop. Hulle tonge het geworstel en hulle het orgasmiese vloeistowwe met mekaar gedeel in die passievolle uitruil. Hul arms het om mekaar gevou en hul borste en harde tepels saamgedruk.

Vars sperma het in hul mond geruil en op hul tonge gerol. Stadig het die skuldgevoel in Samira lankal vergete gelyk. Niemand sal ooit weet nie. Dit was 'n geheim wat altyd in die slawehuis sou bly.

KLUB BDSM

Dit was helder oordag op Parklaan, die aantreklikste en indrukwekkendste area van New York Stad. Soos die meeste dae in die groot stad, het die werkersklas na en van hul kantore gegaan, die rykes het lekker geëet en toeriste het deur die woonbuurte gekuier terwyl hulle foto's geneem het.

Afgesien van die norme van die besige woonbuurt, het Erika kaal in 'n dorre vertrek op die 38ste verdieping van 'n luukse woonstelgebou gestaan. Sy was voor 'n venster geplaas wat deur 'n dun wit gordyn bedek was vir privaatheid.

Haar hande was styf saamgebind bo haar kop, vas aan 'n swart tou wat aan 'n haak in die plafon gehang het.

'n Versierde swart masker het die bokant van haar gesig versteek, maar haar prominente neus en ken beklemtoon. Dit het die skoonheid van haar gesig laat wys, terwyl dit haar identiteit verberg. Haar lang donker hare het vrylik oor haar rug geloop, en haar lippe is deur robynrooi lipstiffie beklemtoon.

Syswart kouse met 'n naat wat langs die rug loop, bedek haar mooi bene. Hulle het haar onmoontlik lang ledemate selfs langer laat lyk. Swart hakskoene voltooi haar karige drag. Haar liggaam was ten volle vertoon, in al sy naakte glorie.

Niemand sal ontken dat sy betowerend was nie. 'N Seldsame kombinasie van krag en vroulikheid, sy het 'n beroep op mans en vroue gelyk. Terwyl sy skraal maar krom op die regte plekke was, het sy 'n beeld geprojekteer dat haar lyf gebou is vir rowwe fokken. Op die ouderdom van 28 het Erika besef dat sy dit baie geniet om seksueel deur ander gebruik te word, en dit was presies wat sy vandag verwag het.

Nie eens haar naaste vriende het geweet van die verdorwe geheim wat sy bewaar het nie. Haar onderdanige begeerte en drang om vir ander se plesier gebruik te word, kan vir hulle moeilik wees om te verstaan.

Uiteindelik het sy professionele persone laat beheer in hierdie geheime plek van gemeente. Dit was 'n elegante omgewing waar eendersdenkende mense van 'n sekere klas kon smul aan hul baie stoute begeertes. Die maskers was diskresionêr. Maar vir Erika was dit 'n absolute moet; niemand kon weet dat sy toegelaat het dat sy op so 'n skandalige manier behandel word nie. Sy was 'n hoë krag prokureur om Gods ontwil.

Die reëls was eenvoudig. Geheimhouding was heilig. Netheid was ononderhandelbaar. Respek was nodig. Dit was 'n eksklusiewe affêre en almal het daarvolgens aangetrek gekom.

Terwyl Erika gebonde en gemaskerde daar staan, het sy gekyk hoe die vroulike Afslaer in posisie langs haar instap. Die Afslaer het 'n doelgerig onthullende pak, klofie en al gedra, saam met 'n goue masker om ook haar identiteit te verberg. Sy was 'n lang vrou met 'n gebiedende aura, wat haar perfek gemaak het vir die werk.

In 'n vreemde wending het Erika by hierdie taboe-byeenkomste aangesluit op versoek van die Afslaer, wat ongelooflik ook 'n prokureur met die naam Lea was. Hulle het advokate teengestaan tydens 'n lang verhoor. Toe die saak eindig, het Lea vir Erika vir drankies gevra.

"Jy weet iets," het sy vir Erika by 'n privaat tafel gesê, terwyl hulle albei inmekaargesak, gehawend en uitgeput ná die uitmergelende saak. "Vroue soos ons is 'n seldsame ras. Ons werk ons gat af. Ons is slim. Gesofistikeerd. Toegewyd. En ons albei hou daarvan om op 'n sekere manier genaai te word. Ek kon sê watter soort vrou jy is die eerste keer wat ek jou gesien het. ."

Erika spoeg amper haar drankie uit. Het sy regtig 'n soort seksuele vibe afgee? Hoe kon hierdie vrou aflei dat Erika van die rowwe goed gehou het?

Vir die grootste deel van Erika se volwasse lewe was seks vanielje gewees. Die gewone maal was nodig om orgasmes van die minimum standaard te bereik. In onlangse jare het sy egter 'n paar stoute versoeke van haar maats gerig om dinge op te kikker. Growwe fokken. Ligte verstikking. Sommige pakslae. Maar die belangrikste is dat sy gevra het om as 'n seksuele speelbal behandel te word, in teenstelling met 'n romantiese maat. Eers toe aan hierdie voorwaardes voldoen is, kon Erika aardskuddende orgasmes kry.

Het een van haar eks-kêrels die nuus oor haar afwykende begeertes versprei? Of was Lea 'n buitengewone sekspert? wonder Erika terwyl sy staar, met 'n takbok in die hoofligte kyk.

"Ek behoort aan 'n klub, van soorte. Dit is vir mans en vroue wat dit geniet om die grense van onkonvensionele seks te verskuif. Dink daaroor. Dit is 'n hoogs eksklusiewe netwerk en ons kan nuwe lede soos jy gebruik. Moenie bekommerd wees nie, niemand sal ooit weet. Daar is 'n formele kontrak wat 'n vertroulikheidsklousule insluit. Ons is almal gebonde aan geheimhouding met kwytskeldings en ooreenkomste. 'n Hele paar lede is prokureurs. As jy nog steeds onrustig is oor privaatheid, kan ons vir jou 'n pasgemaakte masker bied van Venesië. 'n Paar van ons gewaardeerde vroulike lede dra dit. Dit stel hulle op hul gemak terwyl hulle die donkerder dele van hul seksualiteit verken."

Erika was stomgeslaan en haar wange het helderrooi geword. Lea het hierdie voorkoms al baie keer gesien. Onverskrik het sy voortgegaan en inligting versprei wat Erika se broekie dadelik nat gemaak het.

Na 'n paar dialoog wat ontwerp is om Erika se skielike hiperventilasie te kalmeer, het Lea voortgegaan met haar toonhoogte. "Kinky goed. Toue. Swepe. Groep instellings. Dominansie. Onderdanigheid."

"Soos BDSM?" vra Erika.

Lea glimlag. "Dit is 'n BDSM-klub. Eintlik neem ek op 'n baie unieke manier deel. Hoe wil jy verkoop word? As jy saamstem, sal ek seker maak jy gaan na die opwindendste bieër."

Hulle geheime gesprek het voortgeduur totdat Lea 'n kaart met 'n telefoonnommer na Erika oorgestoot het. Daarmee staan sy, betaal die rekening, glimlag vir Erika, draai om en vertrek. Sy was vol vertroue dat 'n oproep aanstaande sou wees. Daardie noodlottige ontmoeting was die begin van Erika se geseënde seksuele emansipasie.

Na 'n paar dae van intense beraadslaging het sy die oproep gemaak en gedink sy het niks om te verloor nie. Na alles, dink Erika, wie gaan Lea vertel? Hulle was albei beroepsvroue en het baie gehad om te verloor in terme van hul reputasies en potensiële kliënte.

Op daardie stadium het haar lesse begin; gat, poes, mond. Sy was gedissiplineerd in al die kunste. Haar liggaam is opgelei om erotiese posisies vir lang tye te hou. Al haar plesierpunte is gevind; sterk- en swakpunte bepaal. Dit was nie lank nie of Lea het Erika as 'n slawerny en pynslet geklassifiseer. Dit was die regte diagnose vir hierdie onervare sub.

Natuurlik het Lea haar rol as Erika se seksuele mentor baie geniet. Omdat Erika verantwoordelik was vir die opleidingsprogram, was Erika veral goed vertroud met die verskaffing van plesier presies volgens Lea se spesifikasies. Hulle het baie lekker aande deurgebring met Erika se gesig geplant in die poes en gat van haar vleeslike afrigter. Aan die einde van 'n strawwe dag in die hof was vergadering vir die onwettige aktiwiteite 'n welkome bederf. Hulle gedeelde entoesiasme en werksetiek het hulle veral geskik gemaak om hul onderskeie rolle te gee en te neem.

Dit was toe.

Nou het die gaste hul sitplekke in die kamer ingeneem. Daar moes ten minste 15 mense teenwoordig gewees het, wat gelyk het na die standaard. Erika kon nie 'n presiese telling doen nie, want sy was toegesluit met die gesig na die voorste muur. Van die gang af het sy meer mense in die res van die woonstel (ten minste nog 15) hoor rondmaal.

Dit was waar wat hulle sê oor ander sintuie wat versterk is wanneer 'n mens belemmer is. Die geluide van voetstappe en van mense wat in die gestoffeerde hoërugstoele gaan sit, was duidelik. Gou hoor sy stille fluisteringe oor haar skoonheid. Uiteindelik het gesprekke oorgegaan na maniere waarop die gaste dit voorgestel het om haar vir hul bevrediging te gebruik.

Die kragtige kombinasie van gebind wees en nie weet wat gaan plaasvind nie, het Erika se poes in afwagting klam gemaak. Sappe het aan die bokant van haar dye opgedam aangesien sy geen skaamhare gehad het om dit in haar intieme ruimte te hou nie.

Die Afslaer het 'n hamer op die podium geslaan. "Dames en here, voor ons begin, wil ek persoonlik vir julle almal dankie sê dat julle gekom het. Ons het vandag 'n wonderlike reeks mans en vroue. Ons is seker dat julle die plesiertjies wat ons voorlê, sal geniet."

Sy het van die gewone formaliteite afgesien toe die geleentheid begin het. Haar woorde was professioneel en gespreek met die selfgeldigheid wat van 'n goeie prokureur vereis word. Daar was egter ook 'n verleidelike en speelse eienskap aan haar aflewering. Die klein gehoor het toegejuig toe die verrigtinge amptelik aan die gang was.

Die afslaer het voortgegaan, "Eers begin ons met Erika, hierdie pragtige skoonheid wat langs my staan. Amptelik is sy 'n werkende professionele persoon, hoogs gerespekteer in haar veld. Nie-amptelik, voor julle almal, sal sy as iemand se Fokspeelding gebruik word."

Erika kon nie haar opgewondenheid en die onwillekeurige spasma van haar poes bedwing nie.

"Ek weet dat baie hier 'n fetisj vir werkende vroue het. Glo my as ek vir jou sê dat Erika breine het wat ooreenstem met haar ongelooflike liggaamsbou. Wie van julle wil haar graag besit? Wie wil hierdie hoogs opgevoede vrou laat onderwerp word aan jou seksuele grille?"

Al kon Erika nie kyk nie, het sy gemompel van goedkeuring gehoor. Die Afslaer het egter kennis geneem van die knikke, lippe aflek en skerper kyke. Wellus was in die lug en Erika was op almal se aptyt.

"Eerstens sal ons begin met 'n vertoonvenster van haar bene."

Die afslaer het die podium verlaat met 'n leerroeispan in die hand toe sy Erika genader het . Dan vryf sy die punt van die roeispan langs Erika se swart sykouse. Erika het haar bes gedoen om stil te bly, ten spyte van haar eie opgewondenheid.

"Hierdie bene is lank en foutloos," het die Afslaer gesê. "Sonder hakke staan sy op 5'8". Sy is 'n hardloper en het 'n hele paar marathons vir liefdadigheid voltooi. Dink net aan hoe goed dit sal voel om jou vingers, lippe, poesies of pieltjies oor hierdie bene te hardloop."

Erika het natter geword soos die paddle opwaarts beweeg en teen haar gat geslaan is.

"Ek weet dat baie van julle dit geniet om 'n goeie pak slae aan 'n ryp gat toe te dien. Erika se boude is perfek rond en weelderig; haar sagte vel kan lang rukke van roei hanteer. Laat my toe om te demonstreer."

Die spaan is plat teen Erika se linkerboudwang gedruk en is toe deur die Afslaer teruggetrek. 'n Donderende klap klink toe daar weer kontak tussen die paddle en haar gat gemaak is. Dit weergalm hard in die kamer en het Erika laat terugdeins, ten spyte van haar beste pogings om stil te bly.

Nog 'n slag is gelewer. Dan nog een. En nog een. Elke hou was harder as die vorige. Albei wange het die versengende sensasie wat met pakslae geassosieer word, in gelyke mate gekry.

Toe die pak slae klaar was, was die wit vel rooi en het hitte uitgestraal.

"Dames en here, dis net 'n teaser," glimlag die Afslaer agter haar eie masker. "Nou vir haar anus."

Ag fokken was iets waaraan Erika net gewoond geraak het sedert sy by hierdie geheime BDSM groep aangesluit het. Alhoewel sy lank was en sterk gebou gelyk het, was haar anus delikaat en klein. Slegs die kundiges wat aanwesig was, kon groot hane in haar verbode gat pas. Dit het beheer en geduld geverg.

Sagte, vroulike hande het aan Erika se boude geraak en haar wange uitmekaar gedwing en haar klein bruin gaatjie aan die groep blootgelê. Sy voel heeltemal ontbloot en kwesbaar soos lug oor haar anus vloei. Vreemd genoeg kon sy ook voel hoe die kamer se honger oë daarna loer, in al sy prag.

"Soos julle almal kan sien, is haar gaatjie skaars daar, klein en smeek om gerek te word. Iemand se gelukkige haan kon vandag nirvana daar in kry."

Vir die gewaagde deel van die aanbieding, het die afslaer die roeispan neergesit en Erika aan die heupe vasgehou en haar omgedraai sodat sy die klein gehoor in die gesig staar.

Erika sien die skare deur haar masker. Dit was die tipiese groep; 'n eweredige verdeling van mans en vroue. Almal was skerp geklee op 'n terloopse elegante manier. Hulle gesigte het dieselfde begeerte gehad as wat hulle elkeen gehoop het om op 'n spesiale manier af te kom. Die aanskoue van Erika se borste en poes het gelyk of dit die deelnemers betower toe dit in sig kom.

Erika se tepels het kliphard gedraai.

Die Afslaer het weer die spaan opgetel en dit stewig teen Erika se skaamlippe gedruk, wat terloops ook druk op die klitoris geplaas het.

"Ek kan eerlik sê ek het die plesier gehad om te proe wat tussen hierdie bene is. Dames en Meneer, of jy haar poes wil naai of dit wil eet, jy is in vir 'n ware bederf."

Erika voel hoe die roeispaan na haar ronde borste beweeg, om haar ligbruin tepels. Die roeispan het saggies die onderkant van elke tiet geslaan, wat haar borste laat skud het voor die aanbiddende skare.

"En kyk net na hierdie tiete," het die Afslaer verheug gesê. "Kan enigeen van julle glo hulle is eg? En hulle is baie eg, ek kan julle verseker."

Erika kreun toe die Afslaer buk om haar linkermeet grof te druk en saggies aan die tepel vasbyt. Die afslaer het die tepel vinnig gesuig voordat hy dit vrygelaat het.

Uiteindelik beweeg die paddle tot by Erika se lippe.

"Laastens, maar nie die minste nie, haar mond. Perfek om te soen. Perfek om te suig. Perfek om skoon te maak. Het ek genoem dat sy daarvan hou om cum te eet? Beide mans en vroue s'n."

Nog goedkeurende knikke het uit die skare gekom.

"Hierdie een is ten slotte 'n pynslet," het die Afslaer opgesom. "Sy het 'n hoë verdraagsaamheid en smag na jou beste."

Erika het dadelik kennis geneem van die gehoorreaksie, wat gewissel het van hyg tot grynslag.

Die Afslaer het weereens agter die podium gestaan en aanbiedinge ingedien. Wie ook al die kinkyste seksdade voorgestel het, wat op die mees uitlokkende (maar redelike) manier gedoen word, sal die bod wen. Die aanbiedinge het ingekom, elkeen meer aanloklik as die vorige.

Uiteindelik het Erika die towerwoorde gehoor wat haar hele lyf onder die aandag laat spring het. Haar tepels het gespanne en haar poes het gretig begin bewe.

"Verkoop!" sê die Afslaer hardop en slaan die hamer teen die podium. "Ons het 'n das. Aan gaste #3 en #7. Jy kan nou jou prys afhaal om tussen julle albei te verdeel."

Die wenners het hul voornemens vooraf duidelik gemaak:

Man #3 het nie 'n masker gedra nie. Erika het hom uit die samelewingsafdeling van die koerant herken. Hierdie bekende filantroop het belowe om Erika se gat te tem met 'n goeie pak slae. Presisie is belowe; 'n leergesel was sy keusemiddel. Dan sou hy haar gat met sy enorme haan besit. Die versekering is gegee dat hy 'n kenner is in gatfok en begeesterde vroue tem.

Vrou #7 het 'n ryk, donker vel gehad. Dit sou Erika se eerste ervaring met 'n swart vrou wees. Haar vol, welige lippe het gelyk of hulle dit geniet om erotiese vermaak te gee en te ontvang. Sy was ook sonder 'n masker. Sy was 'n bekende kenner in borsspel en het al die wenke en truuks van tepelmarteling geken. Deur net die regte kombinasie van knyp en draai te gebruik, kon sy stimulus toedien wat soet lyding gegee het, sonder om blywende skade te laat. En as 'n lesbiër het sy geweet hoe om 'n goeie poes die beste te eet.

Erika het nog nooit voorheen seksuele plesier met 'n swart vrou gedeel nie, en die idee het haar baie opgewonde gemaak.

Hierdie twee dominante is deur die afslaer gekies weens hul samewerkingspotensiaal. Terwyl Erika in hierdie benarde posisie vasgebind was, sou albei terselfdertyd voorsiening maak vir die sub; een voor, en een van agter. Dit sou die klein gehoor 'n onvergeetlike vertoning gee.

Erika se hele lyf het gebewe toe die wenners die voorkant van die vertrek nader. Sy is voorheen voor 'n klein groepie gebruik; die ekshibisionisme het haar uiteindelike vrylating net verhoog. Dit was die eerste keer dat sy deur twee mense gebruik is, wat aan verskillende kante van haar lyf saamwerk. Dit was haar vuil droom wat waar geword het.

Die swart vrou was die eerste om kontak te maak en vryf haar donker vingerpunte oor Erika se melkwit vel. Erika het afgekyk en is opgewek deur die kleurkontras, veral toe die vingers oor elke ligbruin tepel vryf.

"Jy voel gespanne," het vrou #7 gesê. "Eerste keer saam met 'n swart vrou? Ek hou daarvan om die eerste te wees. Dit is 'n eer om jou eerste swart Domme te wees. Moenie bekommerd wees nie baba, jy sal dit geniet."

Erika het nie geantwoord nie. Sy het nooit. Om haar stem weg te steek was deel daarvan om anoniem te bly. Sy het eenvoudig deur haar masker na hierdie kragtige vrou gekyk, met die hoop dat sy nie herken sou word nie.

Hulle oë sluit intens, en vir 'n oomblik wonder Erika of hierdie dominante swart vrou haar van iewers herken het. 'n Openbare advertensie vir haar regsdienste, miskien?

Toe man #3 'n leergesel optel, het Erika haar aandag op hom gevestig. Hy het oefenbewegings gemaak wat choreografeer gelyk het. Sy was redelik seker dat hy die kenner was wat hy beweer het. Die voorkoms van goddelose genot op sy gesig het Erika laat glo die geseling sou seermaak. Met haar hande bo haar kop vasgebind, was Erika se liggaam heeltemal kwesbaar.

"Ek het my oë op jou gehad," het man #3 gesê. "Vandat ek jou weke gelede die eerste keer gesien het, wou ek jou op die vuilste maniere gebruik. Kom ons kyk of jou gat die wag werd was. Eerstens sal ek jou sywaarts draai sodat almal kan sien hoe ek slaan en plunder. jou liewe klein gat."

Erika het haar laat omdraai, sodat die drie deelnemers in 'n ry opgetree het. Terwyl Erika se oë op die pragtige vrou voor haar gefokus het, voel sy sagte klappe van die gesel teen haar gat. Toe die klappe kragtiger word, glimlag die vrou voor haar verruklik oor die duiwelse dissipline.

Kort voor lank het die flogger hard teen haar gat gekraak, wat Erika se lyf laat styf en ruk van die brandende saligheid wat in sy nasleep agtergebly het. Erika kreun en maak staccato-grom, wat sy probeer onderdruk het.

Vrou #7 het twee van haar donker vingers in die holtes van Erika se mond ingedruk, asof sy haar gag-refleks toets. "Baie seergemaak? Hou jy van daardie soort pyn, sub?"

Erika het net geknik terwyl haar boude nog gegesel word.

"Goeie meisie. Ek het net die ding vir hierdie lekker tepels van jou. Net sodra hy jou gat vat."

Die skare het in eerbied gestaar terwyl die man Erika se gat bly slaan en die swart vrou vorentoe leun om haar mond te soen. Die vol, plomp lippe was vir Erika 'n bederf. Dit was alles wat 'n goeie soen veronderstel was om te wees, veral wanneer hulle tonge saam dans. Die flogger het Erika se gat pynlik gekraak en sy kreun desperaat in die swart vrou se mond. Toe Erika haar oë beangs oopmaak, kon sy die vrou sien terugloer en haar reaksie beoordeel.

Erika was seker dat die vrou dit geniet het om iemand te soen wat in angs gekreun het van 'n erge geseling. Dit het gelyk of die vrou al hoe meer opgewek is uit die pynlike vokalisering van Erika. Agter haar hoor sy hoe die man tevrede brom terwyl hy aanhou om haar gat rooi te maak. Sy was seker hy het al 'n massiewe hard-on gehad.

Tussen die twee seksueel gelaaide wesens het Erika soos 'n kanaal vir afwykende erotiese energie gevoel. Die effek op haar was geweldig. Benewens die oorweldigende vervoering wat sy van die pyn gepluk het, het die wete dat die twee Dominante hierop afgekom het, haar uiters onderdanig laat voel.

Die geseling het opgehou, wat net een ding kon beteken. Al was haar lippe steeds in 'n wellustige soen toegesluit, het sy die geluid gehoor van 'n bottel wat oopmaak en lube wat gedruk word. Die man het haar gat 'n kragtige klap met sy kaal hand gegee, wat Erika se hele lyf laat ineenkrimp. Hy het sy grondgebied aggressief gemerk voor die fokken begin het.

Toe voel Erika die bekende sensasie van haar wange wat uitmekaar getrek word en so haar gat ontbloot laat. Onmiddellik is die sensasie van 'n harde, lube-bedekte haan deur haar bruin rimpel gevoel toe dit in lyn staan vir penetrasie.

"Ek geniet dit om 'n vrou so in die gat te naai," het man #3 gesê, terwyl hy Erika se ribbes streel, by haar middel begin en opbeweeg, na haar ingehoue arms. "Dit is asof jy 'n pragtige, fokken stuk vleis is. Ek gaan dit lekker rof doen, net soos jy daarvan hou."

Sy sterk, gerusstellende stem het Erika nog meer opgewonde gemaak toe hy sy hand uitsteek en die kop van sy gesmeerde piel in haar piepklein, goed geoefende gat ingedruk het. Erika het probeer wegbreek van die soen, maar die vrou het die kante van haar kop gegryp en wou nie haar houvas los nie.

Terwyl die haan kundig in die klein opening van haar gat ingebring is, het Erika swaar deur haar neus asemgehaal. Haar oë rek terwyl sy wag vir die versengende pyn wat sy verwag het. Dit het gou genoeg gekom, en Erika het in reaksie gegil.

Erika was vasgepen tussen die greep wat hy op haar heupe gehad het, en die kloue van die swart vrou wie se tong aanhou om haar mond te ruim; sy het geen ander keuse gehad as om die voorskot in haar gat te neem sonder om te beweeg vir troos nie. Daar was geen pouse nie. Die man was goed onderlê in hoeke en breekpunte. Hy het ingery totdat sy balle teen haar boude rus. Die felheid van sy aanranding was soet marteling. Daar was geen twyfel dat haar gat pas in besit was nie.

Erika se oë rek toe sy diep asemhaal. In plaas daarvan om te kerm, snak sy asof sy lus was vir lug. Die swart vrou het verheug gelyk oor hierdie anale aanval.

"My beurt," het vrou #7 gesê. "Baba, wit borste soos joune is my gunsteling. Hulle lyk so melkerig en romerig teen my hande. Hulle smeek om seer te kry, en dit is my spesialiteit."

Erika het afgekyk en ingestem; vrou #7 se ebbehout vingers het nogal 'n kontras teen haar eie leliewit borste verskaf. Aanvanklik was die aanraking sag en liefdevol. Toe het die swart vrou haar beroemde tepelmartelroetine geïmplementeer en haar tong teruggegee om Erika se slap mond te vul.

Daardie sjokoladevingers het die onderkant van Erika se vanieljeborsies vasgedruk en dan soos rou deeg geknie. Dit was seer, maar was niks in vergelyking met die pyn van haar klein gat wat so vieslik deur die man genaai word nie. Toe knyp die donker vingers elkeen van Erika se bruin tepels. Nou dit, was meer vergelykbaar met die skerp pyn in haar gat. Twee van haar plesierplekke word nou opgesweep. Sy was dankbaar dat niemand haar poesie terselfdertyd martel nie.

Die vrou het voortgegaan om die sensitiewe knoppe so hard te draai dat Erika se gesig in 'n uitsonderlike ellende gegrimeer het. Vir 'n oomblik het sy amper vergeet dat haar gat gepla word. Amper... Die geluid van die man se bobene wat teen haar gat klap, het haar aandag na haar agterkant gevestig. Erika het bereik wat sy gedink het haar pyngrens was. Sy het die passievolle soen gebreek, haar kop teruggegooi en gehuil.

"Ek weet dit maak seer," fluister die swart vrou terwyl sy nog 'n bietjie druk. "Maar dit gaan so, so goed voel."

Vir die lewe van haar kon Erika nie verstaan hoe die pyn in haar tepels ooit goed kon voel nie. Maar toe haar tepels vrygelaat is, het die swart vrou vooroor gebuig en elkeen van Erika se tiete liefdevol gesuig , wat 'n wrede sensasie langs haar ruggraat gestuur het. Daardie plesier, gekombineer met die vreugdevolle aanranding op haar gesodomiseerde gat, het Erika tot op die randjie van haar seksuele verstand gedryf. Die swart vrou se tong was so strelend soos daardie vol lippe, en hulle het saamgewerk om die pyn in die tepels te verlig.

Maar die plesier in haar borste het nie lank gehou nie, want die swart vrou verwyder wreed haar mond. Weereens het sy daardie speeksel bedekte tepels gedraai en Erika verder gepynig terwyl haar gat behoorlik geploeg het.

"Ek sal dit nie vir jou so lekker maak nie," glimlag vrou #7. "Ek wil hê jy moet balans hê. 'n Kinky yin en yang. Hy kry die agterkant, en ek kry die voorkant. Jy moet net daar staan en dit vat soos 'n goeie sub."

#3 het daarvan kennis geneem, sy hande op Erika se skouers gesit vir greep, en regtig op haar gat dorp toe gegaan. Sy het op haar tande gekners en skreeu-geluide gemaak, wat haar deeglik in die verleentheid gestel het voor die aanbiddende gehoor.

Die reusagtige haan wat in en uit haar klein gaatjie gedruk word, het haar so onvas gemaak dat sy skaars kon staan. Toe Erika se knieë verswak het, het sy begin ineenstort en meer gewig op haar vasgebind polse geplaas. Die strek en trek op haar skouers is skaars geregistreer deur haar brein wat gesukkel het om uiterste sensasies op die teenoorgestelde vlakke van haar liggaam te hanteer.

"Sy breek," het vrou #7 gesê en haar lippe afgelek terwyl sy voortgegaan het om Erika se tepels te vervolg. "Dit is tyd dat ons haar klaarmaak."

Man #3 het meedoënloos in Erika se gat gebly en gegrom, "Ek wil hê sy moet kom wanneer ek kom."

Die opdrag aan die mede-Dominant was duidelik. Die swart vrou los die teer tepels, gee hulle 'n vinnige suig vir verligting, en sak toe op haar knieë voor Erika se verspreide poes.

Terwyl haar gat deur die groot haan verhewe is en haar poesie deur 'n godin gelek is, is Erika oorval deur botsende sensasies. Die onophoudelike blits op haar gat is geneutraliseer deur die sagte suig aan haar klit. Soms het die swart vrou haar tande gebruik om Erika se geswelde klitoris sagkens te byt, wat haar van ywer laat huil. Maar die swart vrou het dit vergoed deur daarna stadig en liefdevol daaraan te lap. Gevolglik is Erika herhaaldelik tot op die rand van orgasme gedruk, maar haar vrylating is geweier. Sy het gevoel soos 'n vulkaan wat besig was om uit te bars.

Met die swart vrou op haar knieë kon Erika die intensiteit waarmee die gehoor na die drietal gestaar het, ten volle waardeer. Elke gas by hierdie BDSM-geleentheid het heeltemal betower gelyk deur die sien van Erika wat tot op die rand van 'n seksuele ontploffing gedryf word. Sy was in besit en was duidelik opgewek deur haar seksuele diensbaarheid. Agter hierdie masker was haar identiteit veilig. Sy het haarself toegelaat om te laat gaan en in die mees afwykende plesier te delf.

Sy het haar eie reël van stilte verbreek, en uiteindelik die woorde, "O God," tjank terwyl haar gat kwaai genaai word en haar poes kundig geëet word.

Haar woorde het net olie op die vuur gegooi, en het man #3 gedryf om haar skouers so styf te knyp dat kneusplekke sekerlik oorgebly het. So moeilik as wat dit was om te glo, het Erika besef hy het teruggehou. Sy stoot het freneties geword en sy was seker dat hy binnekort sy saadjie in haar gat sou leegmaak.

"Ek het 'n lekker groot vrag vir jou," knor die man.

Getrou aan sy woord het hy in haar oor bly grom maar sy aanslag stilgemaak. Erika voel hoe haar binneste rektum bedek word met verskeie groot spuite saad. In 'n kwessie van oomblikke het die haan slap geword en is uit haar gat onttrek. Erika se gat gaps noudat dit skielik leeg is. Onmiddellik het sy verlang na die terugkeer van sy harde piel na haar mees private gang.

"Mis jy my al?" fluister hy. "Jy is 'n groot fok met 'n stywe gat. Die afwagting werd is."

Hy klop haar onderkant, en Erika voel hoe kom drup uit haar gat. Sy was verbaas om te voel hoe sy vingers teen haar losgemaakte gaatjie vee, en in die romerige afskeiding duik. Toe die cum-bedekte vingers in haar mond geplaas is, was sy selfs meer geskok. Na 'n oomblik se huiwering suig Erika sy vingers skoon. Sy het haar verlustig in die verdorwenheid van die oomblik voordat sy deur die tong van die swart vrou op haar poesie uit haar versteuring gestamp is.

Erika kyk af in daardie woeste bruin oë. Die passievolle swart vrou lek en suig diep aan Erika se klit. Man #3 het agter Erika gestaan en haar laerug en boude gestreel, in die hoop om Erika in die vrou se mond te sien kom.

"Dis dit," sê die man vir Erika. "Moenie skaam wees om in haar mond te kom nie. Sy geniet dit toevallig om wit vroue te drink. Jy het hierdie klimaks verdien, slet."

Erika se hart het geklop en sy fluister, "O fok," vir haarself.

Terwyl die swart vrou haar tong oor Erika se klit spoel, het die orgasme uiteindelik in epiese mate opgedaag. Die krag wat in haar liggaam losgelaat is, het die lug in haar longe laat bars. Hierdie orgasme het nie net die spiere in haar bekkenbodem beïnvloed nie; haar hele liggaam het saamgetrek en saamgetrek van die ontploffing. Sy kon haar skaars op haar nou rubberagtige bene ondersteun. Al haar liggaamsgewig hang aan haar polse, styf vasgebind bo haar kop. Gevolglik is haar skouers op 'n uiterste wyse getrek wat onder normale omstandighede pynlik kon wees.

Sy het nie omgegee nie. Die ongemak in haar arms was tydelik. Hierdie orgasme was iets wat sy vir altyd sou onthou.

Erika spuit in die swart vrou se mond. Dit was 'n hoogtepunt van al die heerlike pyn wat sy in haar tepels en haar gat ervaar het. Sy was regtig 'n pynslet. Dit was waar; almal in die vertrek kon nou daarvan getuig.

Toe is sy slap gelaat. Terwyl sy probeer om beheer oor haar asemhaling te herwin, het sy probeer om op haar eie voete te staan. Die swart vrou het geglimlag, wetende dat die werk gedoen is. Die man het gehelp om haar vas te hou totdat sy haarself kon onderhou.

"Presies soos geadverteer," het die Afslaer aan die gehoor gesê toe Erika deurgebring is. "Presies soos geadverteer. Wel gedaan."

Die gehoor het toegejuig terwyl Erika gesukkel het om asem te skep. Die twee Dominante het haar sagte klappe op die skouer en boude gegee. Hulle het dinge vir haar gefluister wat sy nie kon verwerk nie. Die nadraai het soos 'n wasigheid gevoel.

Twee jong vroulike personeellede het genader. Hulle het sexy slanke maskers gedra en was karig geklee in swart kantrokke. Erika is uit haar posisie bevry toe hulle die tou bo haar kop losmaak. Toe is haar polse losgemaak.

Cum het in Erika se gat gedrup en haar eie vloeistowwe het uit haar poes gedrup. Erika het haar kop hoog gehou terwyl die personeel haar saggies aan elke arm geneem het en haar in die gang af gelei het. Die gehoor het entoesiasties toegejuig terwyl sy die walk of fame gedoen het. Almal het daardie dag gekry wat hulle wou hê. Erika was egter seker dat haar eie bevrediging die grootste van almal was.

Erika is na 'n privaat slaapkamer geneem waar die personeellede 'n stapel nat handdoeke gebruik het om elke duim van haar lyf te skrop en skoon te maak. Een van die vroue het selfs 'n spuitbottel gebruik om die binnekant van haar gat skoon te maak. Die hele proses het etlike minute geduur.

Die personeellede het haar masker versigtig verwyder. Dieselfde proses is met haar gesig herhaal. Oortollige lipstiffie is weggevee en haar hare is in 'n beroepsbol vasgemaak. Haar pak is uit die kas gehaal terwyl sy kaal daar gestaan het.

Die Afslaer het die slaapkamer binnegegaan en die goue masker verwyder. Haar uitdrukking was nuuskierig.

"Hoe voel jy?" het Lea gevra.

"My gat sal seer wees vir die volgende paar dae," antwoord Erika droog. "En my tepels voel asof hulle geëlektrocuteer is."

"En?"

Terwyl Lea vir die antwoord op die suggestiewe vraag gewag het, het Erika die personeellede toegelaat om haar aan te trek; trek haar bra en broekie, sykouse aan, dan haar pasgemaakte pak, maak haar weer 'n professionele vrou.

Erika het geglimlag, "Ek het nog nooit so lewendig gevoel nie. Dit is hoe ek voel, as jy regtig die waarheid wil hê."

"Ek het so gedink," knipoog Lea. "Is ons nog aan vir aandete?"

"Jy wed."

Toe Erika haar pak aanpas, blaas Lea 'n soen en sit weer die goue masker op. Sy het teruggekeer na haar pligte by die Veiling. Intussen het Erika die personeellede bedank, haar hakke opgetrek en na die kantoor vertrek.

EINDE

www.ingramcontent.com/pod-product-compliance
Lightning Source LLC
Chambersburg PA
CBHW051258160726
47994CB00003B/1225